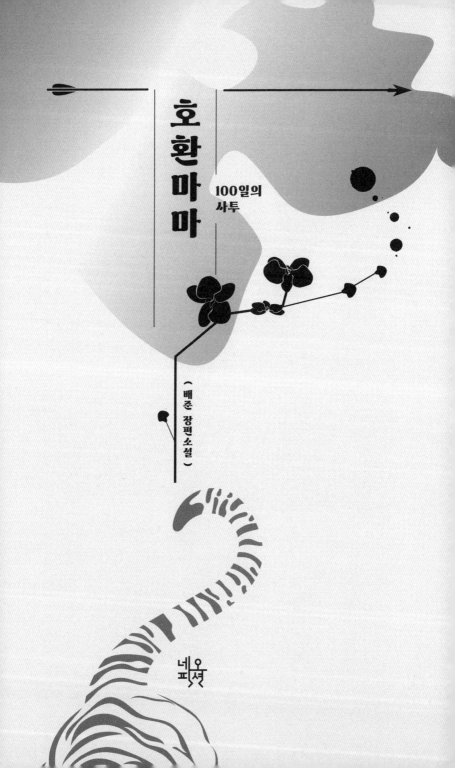

호환마마

100일의 싸투

(배준 장편소설)

네오픽션

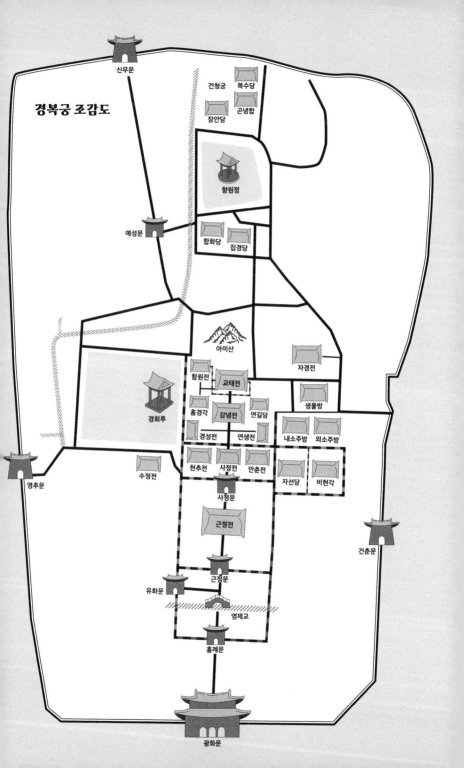

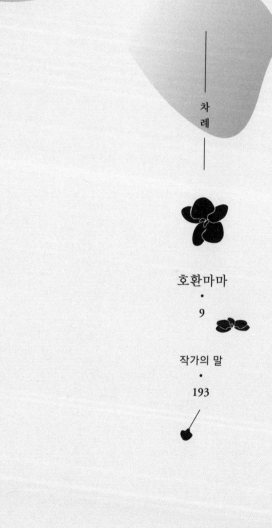

차
례

호환마마
·
9

작가의 말
·
193

1

어전 회의가 한창인 근정문 안으로 별안간 중전이 다급히 뛰어 들어왔다.

"전하!"

그녀가 들뜬 목소리로 부르자, 국왕인 이청은 퍽 놀라며 미간을 좁혔다.

"중전. 근정전에는 어인 일이오?"

중전은 일제히 쏠리는 신하들의 시선을 가로지르며 용상 앞으로 오더니, 만면 가득 미소를 띠며 말했다.

"신이가…… 우리 신이가 궐로 돌아왔답니다!"

"……세자가?"

이청은 반사적으로 벌떡 일어났다. 신하들 사이에서도 크고 작은 탄성이 흘러나왔다. 이청은 순간 머릿속이 혼란해져서 잠시 우왕좌왕하다가, 중전에게 물었다.

"지금 어디 있소?"

"막 흥례문을 지났다 합니다. 어서 함께 만나러……."

중전의 말이 채 끝나기도 전에 이청이 튀어나가듯 어전을 내려왔다. 그는 체통이고 뭐고 지킬 겨를도 없이 헐레벌떡 밖으로 뛰쳐나가, 탁 트인 근정전의 앞마당을 큰 보폭으로 성큼성큼 가로질렀다. 거의 뛰는 것과 맞먹는 속도여서 뒤따라오는 내시와 궁녀들이 따라잡기 버거워할 정도였다. 그렇게 근정문을 넘어 흥례문으로 향하던 중, 맞은편에서 다가오는 한 명의 젊은 사내가 이청의 눈에 들어왔다.

후줄근한 행색에 꾀죄죄한 갓을 쓰고, 한 손에는 희귀해 보이는 꽃을 들고 살랑살랑 흔들며 한가로이 걸어오는 모습이 어느 모로 보나 나그네였다. 그는 멀리서 다가오는 이청을 보고 잠시 걸음을 멈추더니, 이내 종종걸음으로 다가왔다.

세자 이신은 허리를 꾸벅 숙여 인사한 후, 이내 멋쩍게 웃는 얼굴로 이청에게 말했다.

"오랜만에 뵙습니다, 아바마마."

'아직은 혼인하기 싫다'는 편지 한 장 달랑 남기고 가출했던 조선의 세자가, 2년 만에 궁으로 돌아왔다.

2

경회루에서 연회가 열렸다.

왕과 중전은 물론이고, 고관 대신들도 한데 모여 세자의 귀환을 환영했다. 이신이 회랑 가운데로 나와 이청과 마주 보고 섰다.

"부랴부랴 입궁하느라 경황이 없어 이제야 올립니다. 절 받으시옵소서, 아바마마."

옷은 여전히 나그네 차림 그대로였다. 이청은 못마땅한 기색을 감추지 않고 말했다.

"그 거적때기라도 좀 갈아입지 않고."

"2년이 지난 터라 당장 맞는 옷이 없어서요. 그새 키가 꽤 많이 자랐지 뭡니까? 이젠 소자가 아바마마보다 손바닥 반 뼘은 더 클 것입니다."

명랑하게 말하는 아들을 보며 이청은 혀를 세게 찼다.

"말투도 상것이 다 되어서는……."

어쨌거나 이신은 절을 올린 후 다시 자기 자리로 가 앉았다. 중전의 바로 옆자리였다.

"기별이라도 주었어야지요." 중전이 말했다. "그리했다면 이 어미가 미리 준비해놓았을 것이 아닙니까."

"송구합니다, 어마마마. 시종 없이 줄곧 혼자였기에 기별을 넣을 방도가 없었습니다."

"그래, 홀로 나가 있어 보니 어떻던가요? 시종도, 금전도 없어 고생이 컸을 텐데."

중전이 이신의 손을 잡고 어루만졌다. 손바닥은 물 긷는 하인 마냥 굳은살이 두툼했고 손등에는 찔리고 부딪혀 생긴 자잘한 흉터가 가득했다.

"그야 이런저런 일이 많았으나……." 이신이 대답했다. "지나고 나니 다 좋은 경험이었습니다."

"참으로……." 중전이 곧 이청을 향해 말했다. "우리 세자가 2년간 바깥세상을 겪은 덕인지, 이리 어엿한 대장부가 다 되었습니다."

이청은 감개무량하다는 듯 눈시울을 붉히는 중전의 시선을 시큰둥하게 피하며, 이신에게 물었다.

"그래서, 왜 돌아왔느냐? 드디어 혼인할 마음이라도 생긴 게냐?"

나름 싸늘하게 들리게끔 목소리를 낮췄으나, 이신은 전혀 서

운해하는 기색 없이 대답했다.

"아니요. 그것이 아니라, 한 점쟁이의 말을 듣고 걱정이 되어
서요."

"……."

이청은 세자가 농이라도 하려는가 싶어 잠자코 있었다. 이신
은 계속해서 말했다.

"서역을 유랑할 때 만난 점쟁이한테 점지를 하나 받았었습니
다. 그런데 그것이 묘하게 신경이 쓰여서……."

"무어라 했기에?" 중전이 물었다.

"제가 나고 자란 집에 독하디독한 천재지변이 들이닥칠 거라
고 하더군요."

"……궐에 말이냐?"

중전은 다소 놀랐는지 미간을 좁혔으나, 이청은 코웃음만 한
번 가볍게 흘렸다.

"고작 그 정도더냐." 이청이 말했다. "2년간 골몰해서 짜낸 핑
곗거리라는 것이."

"송구하오나 아바마마," 이신이 정색했다. "핑계가 아닙니다.
소자, 궁으로 돌아오고 싶은 생각은 추호도 없었습니다. 바깥 생
활이 무척이나 몸에 맞아, 될 수 있으면 그대로 평생 궁을 잊고
살 작정이었어요."

"헌데?"

"헌데 소자에게 점을 봐준 그 노파는, 서역 일대에서 내로라할

만큼 유명한 점쟁이입니다. 아무나 봐주지 않으나 봐줬다 하면 백발백중이라는 소문이 자자하여 흘려듣기가 힘들었습니다."

이신은 이어서 메고 온 봇짐에 꽂아두었던 꽃을 꺼내 들었다.

"처음 보는 것이네요." 중전이 호기심을 보였다. "서역에서 나는 꽃인가요?"

"예. 우리말로 발음하자면 피아리수*, 쯤으로 읽히는 이름을 가진 꽃입니다. 그 점쟁이가 이것을 소자에게 주었습니다. 장차 궁에 일어날 천재지변을 막는 데에 도움이 될 것이라 하면서요. 이것을 아바마마께 드리겠나이다."

이청이 의아해하며 물었다. "그것을 왜 과인에게 주려는 것이냐?"

"궐의 주인은 소자가 아닌 아바마마이시지 않습니까."

세자가 눈짓을 주자 이청의 곁에 있던 상선이 일어나 이신에게로 다가왔다. 그러고는 꽃을 조심스레 받아들고 이청에게로 되돌아갔다. 그러는 동안 이신이 설명을 덧붙였다.

"향이 좋으니 냄새도 맡아보세요. 점쟁이의 말에 따르면 그 피아리수에는 영험한 주술이 걸려 있는데, 그 기운이 냄새를 맡은 자를 지켜줄 것이라고 하였습니다."

상선이 꽃을 내밀었으나, 이청은 받지 않고 이신에게 물었다.

"세자……." 화가 났다기보다는 기가 찼다. "그런 허황된 이야

---

*   Pieris. 피어리스, 마취목.

기를 설마 진심으로 믿느냐?"

"그리 손해 볼 것이 없다면, 일단 믿고 봅니다."

"장차 나라를 짊어지고 나아가야 할 국본이⋯⋯. 아니다, 되었다."

이청은 포기하듯 고개를 젓다가, 마지못해 꽃을 받아 들었다. 조그만 종처럼 생긴 꽃이 줄기를 따라 등롱처럼 주렁주렁 매달려 있었는데, 과연 생김새만큼은 예뻤다. 풍류 삼아 꽃송이를 하나 톡 뜯어 술잔에 넣으려 하자, 이신이 퍼뜩 손을 들며 말했다.

"입을 대셔서는 아니 됩니다. 미약하게나마 독이 들었거든요. 피아리수는 향과 모양으로만 즐기는 꽃입니다."

이청은 그 말을 듣고 뜯었던 꽃을 아무 데나 확 던져버렸다.

"서역의 무당이 무어라 말했든," 이청이 말했다. "궁에 천재지변은 일어난 적 없고, 일어나지도 않을 것이다. 이제 삿된 이야기는 그만하고 본론으로 들어가자꾸나."

"⋯⋯본론이라니요?"

"국본의 혼사 말이니라."

혼사라는 단어가 나오자마자 이신이 질렸다는 듯 눈살을 찌푸렸다.

"또 그 소리십니까? 소자, 돌아온 지 반나절도 채 지나지 않았습니다. 그런 얘긴 지금 당장은 하고 싶지 않아요."

"그런 얘기라니, 그런 얘기라니." 이청이 언성을 높였다. "반드시 치러야만 하는 중차대한 일이거늘 어찌 그리 방만한 태도를 보인단 말이야."

"들려드리고픈 이야기가 많은데⋯⋯." 이신이 한숨을 쉬었다. "아바마마께서는 2년 만에 보는 소자한테서 듣고 싶은 말이 그런 것뿐이세요?"

"그럼 이 말고 무슨 주제가 더 필요하다는 것이냐?"

이청은 말해놓고 아차 싶어 변명하듯이 덧붙였다.

"세자가 2년간 겪었을 우여곡절이 내 어찌 궁금하지 않겠는가. 과인이 차후에 친히 동궁전에 들어 경청할 터이니 그때 차분히 들려다오. 당장은 시급한 문제부터 논의해야 할 때다."

"어쨌든 아직은 혼인하기 싫습니다." 이신이 말했다. "마음에 둔 여인도 없고요."

"팔방미인이라 칭하여도 손색이 없는 규수들을 많이 보아두었다. 잠행이라도 하여 그들의 재색을 확인해보겠느냐?"

"아니요. 보지 않아도 눈에 선합니다. 어차피 아바마마의 마음에 드는 차분하고 얌전한 규수들이겠지요."

이청은 뜨끔하며 되물었다. "그럼 대체 어떤 여인이어야 세자의 성에 찰 수 있다는 말인가? 원하는 여인상을 어디 한번 허심탄회하게 말해보라."

이신은 질렸다는 듯 잠시 경회루의 처마만 멀뚱히 올려다보다가, 이내 대답을 내놓았다.

"저보다 활을 잘 쏘는 여인이요."

이청과 중전은 물론이고 뭇 궁인들의 시선까지 전부 이신에게로 쏠렸다. 잠시 싸늘한 분위기가 회랑 안을 감돌았다.

이신은 뻔뻔한 투로 말을 이었다.

"저보다 활을 잘 쏘기만 하면 됩니다. 그런 여인이 있다면 연령이나 신분의 고하를 불문하고 지금 당장이라도 혼인하겠습니다."

이청은 막 손에 들었던 술잔을 조용히 내려놓고 말했다.

"세자가 신궁(神弓)임을 조선 팔도를 통틀어 모르는 자가 없다. 여인은 고사하고 사내 중에서도 세자의 실력을 뛰어넘을 자를 찾기 힘들 터인데, 지금 그 같은 간계로 과인의 간곡한 심정을 능멸하는 것이냐?"

"간계라니요. 왜 없다 단정하십니까? 소자 2년간 활을 잡지 못하여 실력이 많이 녹슬었습니다. 또한 여러 곳을 다녀보고 깨닫게 되었사온 바, 조선은 결코 작은 나라가 아니옵니다. 소자를 능가하는 활 솜씨를 가진 여인쯤이야 찾아보면 필시 널리고 널렸……."

"듣기 싫다!" 이청이 손을 벌레 쫓듯 획 휘둘렀다. "말 같지도 않은 소리 그만하거라. 좀 더 진지하게 임하지 못할까!"

"아바마마께서 허심탄회하게 말해보라 하셨기에 그리 한 것입니다. 전 활동적인 여인이 좋습니다. 양반가에서 공주마마처럼 자라 구슬땀 한번 흘려본 적 없는 온실 속 화초들에게는 도무지 눈길이 가질 않는다고요!"

마지막에 가서는 거의 떼를 쓰는 말투로 변하는 바람에 중전을 비롯한 몇 대신들이 살짝 웃음을 흘렸다. 이청은 얼굴이 화끈해지는 것을 느끼며 말했다.

"대관절 반가의 규수가 구슬땀을 흘릴 일이 어디 있다더냐. 불가능한 기준은 내려놓고 이제 그만 타협하거라."

"불가능, 그것은 아무것도 아니라고 배웠습니다. 서역에서는 제법 유명한 말이지요."

"이, 이 녀석이 정녕⋯⋯." 이청의 얼굴이 붉으락푸르락해졌다. "그래, 말로 해서는 좀체 매듭이 지어지지 않을 모양이다. 내 언젠간 네가 돌아올 줄 알고 준비는 항시 해놓은 상태였다. 명일부로 금혼령을 선포하고 간택을 시행할 터이니 그리 알거라."

"아바마마!"

줄곧 여유로웠던 이신의 표정이 팍 굳었다. 중전 역시 불안한 기색으로 이청에게 말했다.

"전하. 너무 급작스럽지 않사옵니까. 세자의 여독이 채 가시지도 않았습니다. 명일은 이른 듯하니 이 일은 적어도 달포 후에 다시 논의하시는 것이⋯⋯."

"아니오, 중전. 전혀 이르지 않소."

이청은 이어서 회랑 안의 모두를 향해 말했다.

"세자의 행방불명으로 인해 과인을 포함한 이 자리에 있는 모두의 수심이 짙었던 바. 국본의 안위가 근심의 근원이었으나, 한편으로는 종묘사직의 정통이 끊길까 하는 우려 역시 도성 안에 팽배하였다. 허나 다행히도 세자가 이리 무탈히 귀환해주었고, 혼기 또한 더할 나위 없는 적시에 이르렀으니 세자빈의 간택을 단 하루도 지체해서는 아니 될 것이다. 경들의 생각은 어떠한가?"

대신들이 허리를 굽히며 "망극하옵나이다, 전하" 하고 한목소리를 냈다. 주상의 뜻에 딱히 토를 달 이유가 없다는 의미였다. 어느 정도 기선제압을 했다고 생각한 이청은 다시 이신을 쳐다보았다가, 저도 모르게 숨을 삼켰다. 2년 전 궁에서 도망쳐 나가기 전과 같이 이신의 눈빛에서 생기가 온데간데없어졌다.

"아무래도……." 이신이 말했다. "소자가 아바마마께 착각을 심어드린 듯합니다. 소자는 이곳에 잠시 들른 것이지, 아예 돌아온 것이 아니에요. 곧 다시 나갈 겁니다."

"불허한다." 이청은 가소롭다는 듯 눈을 크게 떴다. "과인이 그리하게 놔둘 것 같으냐? 오랏줄로 묶어서라도 너를 잡아둘 것이다."

"……."

"이 연회도 중전이 청하여 허하였을 뿐, 과인은 이럴 뜻이 없었어. 너 하나 때문에 2년간을 와신상담하였다. 조금만 더 오래 부재했다면 죽은 것으로 치고 다른 왕손을 후계로 삼으려고까지 하였다. 현재 과인이 겉으로는 안녕해 보일 수 있으나 속에서는 열화가 펄펄 끓고 있느니라. 아무리 혼인이 하기 싫기로서니, 감히 과인에게 일언반구도 없이 궁에서 사라지는 패륜은 어디서 배워먹은 것이야!"

이청이 호통을 치자 잔잔하게 흐르던 풍악 소리가 뚝 그쳤다. 회랑 안의 분위기가 눈 깜짝할 새에 가라앉았다. 움찔하기도 힘든 정적 속에서 짹짹거리는 새소리만 이따금 들려오는 가운데, 이신이 나지막이 입을 열었다.

"제가 궁을 도망친 이유가, 혼인하기 싫어서인 줄로만 아셨습니까?"

"다른 이유라도 있다는 말이냐?"

"아바마마 때문이었습니다."

"……뭐?"

"소자의 일거수일투족에 빠짐없이 간섭코자 하시는, 아바마마의 그 지독한 집착에 숨이 막혀 도망쳤던 것이라고요."

"그것을 어찌 집착이라 말하는가. 세자의 일에 세심히 관여하는 것은 네 아비이자 주상으로서 해야 할 마땅한 책무이거늘……."

"제 자유를 빼앗는 것까지 그 책무에 포함됩니까?"

"……."

"소자, 궐에 살며 스스로 선택이라는 것을 해본 적이 없습니다. 어디 혼사뿐이겠습니까? 제 삶의 모든 것이 아바마마께서 구상하신 계획에 의해 다 예정되어 있지 않았습니까. 소자는 그저 아바마마께서 가장 아끼시는 난초일 뿐이었습니다."

"그래, 너를 지극히 아낀다. 아끼기 때문에 더욱 품으려 한 것이 아니냐."

"진정으로 아낀다면 품지 말고 풀어주셨어야지요."

이청이 할 말을 잃고 눈만 끔뻑거리는 사이, 이신이 자리에서 대차게 일어났다.

"좌우지간 이 답답한 온실 속에서는 살 수 없습니다. 소자, 이만 물러가겠나이다."

"세자!"

이청이 뒤따라 자리에서 일어났다. 그래도 이신이 걸음을 멈추지 않자 이청은 곧 주변을 허둥지둥 둘러보며 소리쳤다.

"뭣들 하느냐, 막지 않고!"

어명이 떨어지자 경회루 아래에서 대기 중이던 금군들이 신속히 위층으로 올라왔다. 그들이 아래로 내려가는 계단 앞을 가로막자, 이신은 금세 포기한 듯 뒤돌아 다시 회랑으로 돌아왔다. 이청은 가슴을 쓸어내리려다 말고 퍼뜩 이신을 주시했다. 낌새가 심상치 않았다. 이신은 점점 걸음걸이에 속도를 붙이더니, 그대로 궁인들을 헤치고 회랑의 서쪽 난간을 넘어 2층 밖으로 뛰어내렸다.

"……세자!"

"저하!"

회랑에 자리해 있던 모두가 경악하며 몸을 벌떡 일으켰다. 곧이어 첨벙거리며 수면을 찢어발기는 소리가 울려 퍼졌고, 이청을 포함한 모두가 난간에 매달려 아래를 내려다보았다. 출렁이는 연못에 흔들리는 연꽃 말고는 아무것도 보이지 않다가, 머지않아 이신이 수면 위로 상반신을 불쑥 드러냈다. 모두의 입에서 크고 작은 탄식이 새어나왔다.

이청이 서둘러 아래로 내려갔고 중전과 대신들도 뒤를 따랐다. 다들 연못 앞에 도착했을 때 이신은 이미 물 밖으로 나와 옷소매의 물기를 짜내는 중이었다.

"제정신인 게냐!"

이청이 목이 찢어져라 호통을 쳤으나 이신은 그저 상쾌해 보일 뿐이었다.

"꼭 한번 헤엄쳐보고 싶었거든요. 경회루 연못에서."

"이, 이 녀석이 진정⋯⋯."

"어마마마와 아바마마도 뵈었고 궐에 남겨놓았던 미련까지 시원하게 해소했으니, 소자 이만 떠나겠습니다. 두 분 모두 강녕하십시오."

이신이 영추문 방면으로 걸음을 옮기자, 금군들 여럿이 그를 에워쌌다.

"한 발짝만 더 떼어보거라." 이청의 목소리가 부들부들 떨렸다. "궐 밖으로 영영 한 발짝도 나서지 못하게 만들어줄 테니."

이신이 무시하고 계속해서 걸어가자 금군들이 더 바싹 다가왔다. 그러자 이신은 바로 앞을 가로막던 금군의 검집에서 검을 순식간에 뽑아 들었다. 미처 제지하지 못할 만큼 손이 빨랐다. 이신이 자세를 고쳐잡기 위해 검을 한 번 털 듯이 휘두르자, 금군들 모두가 허리춤에 손을 가져다 댔다.

"영영 갇혀 살아야 한다면⋯⋯."

이신이 날을 세우며 말했다.

"차라리 죽기를 택하겠습니다."

"세자를 포박하라!"

이청이 명하자, 이신과 마주 선 금군들이 머뭇거린 끝에 일제히 검을 뽑았다. 뒤에 선 금군들은 오랏줄을 들고 당장이라도 덮칠 듯한 자세를 취했다.

"전하." 중전이 잿빛이 된 얼굴로 말했다. "어쩌려고 전하까지 이러신단 말입니까? 이러다 정말 세자가 다칠까 저어됩니다. 속히 명을 거둬주세요."

"그럼 또 도망가는 것을 보고만 있으란 말이오?"

"자꾸 이러시어 도망갔던 것이라지 않습니까!"

지긋지긋하다는 투였다. 이청은 중전의 원망이 담긴 눈초리를 속절없이 받아내다가, 끝내 피해버렸다. 다시 2년 전의 당시로 돌아가기라도 한 듯한 처참한 기분이 들었다.

"……거두거라."

이청이 명하자 금군들이 안심한 얼굴로 검과 오랏줄을 거두었다. 그럼에도 이신은 얼마간 경계를 늦추지 않다가, 중전이 곁으로 다가오자 비로소 검을 내렸다. 그러고는 검을 금군에게 돌려주고 나서 몸을 돌렸다.

"세자, 어딜 갑니까."

중전이 이신의 뒤를 따라가 그의 옷깃을 부여잡았다.

"가지 말아라. 이 어미를 봐서라도, 부디."

이신은 걸음을 멈추고 중전을 바라보더니, 이내 포기한 듯 한숨을 내쉬었다.

"염려 마세요. 동궁전에 가 있겠습니다."

중전이 옷깃을 놓았고, 이신은 영추문의 반대편으로 방향을 돌려 쌩하니 걸어가버렸다.

"따라가거라." 이청이 금군들에게 명했다. "너무 가까이 붙지는 말고."

한바탕 소란이 일고 간 자리에 성에 같은 침묵이 내려앉았다. 중전은 이청을 잠시 째려보다가 별다른 말 없이 교태전으로 돌아갔고, 신하들도 주상에게 예를 갖춘 후 하나둘 물러났다. 이청은 한동안 초점 없는 눈으로 연못 위의 물결만 하염없이 내려다보았다.

잠시 후, 옆에서 상선이 "전하" 하며 말을 걸어왔다. 그의 손에는 여전히 피아리수가 들려 있었다.

"이 꽃은 어찌할까요?"

"갖다 버리거라."

3

자정.

이청은 강녕전 안에 있는 서재에 멍하니 앉아 상소문을 읽는 둥 마는 둥 했다. 세자 때문에 생긴 마음의 동요가 쉬이 진정되지 않았다. 그렇게 반 시진*쯤 더 시간을 죽이다가, 상선의 거듭된 권유로 하릴없이 서재를 나왔다.

침전으로 돌아와 보니, 침상의 머리맡에 장식된 피아리수가 눈에 띄었다. 이청이 상선을 휙 돌아보며 일갈했다.

"버리라 하지 않았는가."

"하오나……."

"꼴도 보기 싫으니 당장 치우게."

---

* 약 1시간. 1시진은 약 2시간을 뜻한다.

"송구하오나 전하, 세자저하가 주상전하를 위하여 가져온 귀한 꽃이 아니옵니까."

이청은 홧김에 피아리수를 화분째로 집어 들었다. 그대로 바닥에 내동댕이치려다가, 끝내는 참았다.

상선이 덧붙였다. "부디 통촉하여 주시옵소서."

이청은 심호흡을 하듯 한숨을 길게 내쉰 후, 화분을 도로 내려놓았다. 이어서 상선에게 물었다.

"세자는?"

"동궁전에 있사옵고, 현재 침소에 들었다 하옵니다."

"알았네. 나가보시게."

이청은 곧 잠자리에 들 준비를 마친 후 침상에 들어가 누웠다. 모로 돌아누우니 피아리수가 가깝게 보였다. 이청은 문득 상체를 일으켜 꽃 가까이로 코를 가져갔다. 그리고 향기나 한번 맡아보았다. 봄맞이꽃을 은근하게 닮아 감미로우면서도, 어딘가 동물적인 힘이 느껴지는 독특한 향이 났다.

"미약하게나마 독이 들었다……."

이청은 쓸쓸하게 웃으며 도로 이불 안으로 들어갔다.

"곧 철이 들겠지."

그리 말하자마자, 문득 소년의 티를 완전히 탈피한 이신의 얼굴과 체격이 생생히 떠올랐다. 이청은 알 수 없는 심란함에 몸을 여러 번 뒤척이다가, 한참 후에야 얕은 잠에 잠겨 들었다.

4

어디선가 맹수의 울음소리가 들려왔다.

이청은 눈을 감은 채로 반쯤 잠에서 깼다. 천둥소리로 착각할 만큼 힘 있는 포효였다. 최근 도성에 범의 출몰이 잦아졌다는 상소문을 읽은 직후였기에 신경이 쓰였으나, 극심한 피로를 이겨낼 수 없어 다시 잠들어버렸다.

얼마 후 울음소리가 한 번 더, 먼젓번보다 더 크게 울렸고 이청은 결국 눈을 떴다. 침상에서 일어나 우선 머리맡의 등잔에 불을 붙였다. 그러자 옆에 놓인 피아리수의 꽃잎들이 불빛을 입고 아기자기하게 빛났다. 참 아름답다며 속으로 감탄하고 있는데, 침소 바깥의 복도에서 문득 인기척을 느꼈다. 문풍지 너머로 그림자 하나가 어슬렁거리고 있었다.

"상선인가?"

대답은 돌아오지 않았으나, 대신에 그림자의 움직임이 뚝 그쳤다. 이청은 본능적인 불안감을 느끼며 재차 물었다.

"게 누구냐?"

여전히 대답은 없었고, 이청은 걸어가 침소의 다른 등잔들에도 불을 붙이며 방을 밝혔다.

"상선 있으면 안으로 들라."

이청이 그리 말하자마자 침소의 문이 삐걱거리며 열렸다. 그리고 문지방 너머로 상선이 모습을 드러냈다. 목덜미 부근이 심하게 찢어져 있었는데, 그곳에서 피가 줄줄 흘러내리고 있었다.

"……사, 상선!"

이청은 사색이 되어 상선에게로 뛰어갔다. 목 아래부터 피투성이가 된 꼴이 눈 뜨고 보기 힘들 만큼 처참했고, 얼굴의 피부도 많이 상한 모습이었다. 반대로 표정은 더없이 차분했는데 어딘가 슬퍼 보이는 것도 같았다. 이청은 서둘러 그의 어깻죽지 밑으로 팔을 넣어 부축해주었다.

"어쩌다 이리 되었는가!"

상선은 마치 대답해주려는 듯 고개를 부드럽게 들어 올리더니, 별안간 한이라도 맺힌 사람처럼 구슬피 울기 시작했다. 그러더니 돌연 이청의 목덜미를 콱 물었다. 이청은 침소가 떠나가라 비명을 질렀다. 떼어내려 해도 상선의 이빨이 살 속에 깊이 박혀 꿈쩍도 하지 않았다. 눈알이 튀어나올 것 같은 극심한 통증에 정신이 아득해졌다. 한편 상선은 이청의 목을 잘근잘근 씹으면서도 웬일인지 더 크게 울어댔다. 이청은 끝내 몸을 던지듯 쓰러지며 상선의 머리를 바닥에 있는 힘껏 내리찧었다. 머리뼈가 깨지는 소리와 함께 상선의 이빨이 목덜미에서 뽑혀 나왔다. 이청은 그에게서 떨어져 반대편으로 파닥파닥 기어서 도망쳤다.

상선과 거리를 둔 후, 이청은 일단 몸부터 일으키려 했다. 그러나 팔이며 다리가 잘 움직여지지 않았다. 급기야는 마비라도 된 듯 손가락 끝에서부터 감각이 서서히 사라지기 시작했다. 알 수 없는 마비 증세로 인해 이청은 얼마 못 가 눈알조차 굴리지 못하게 되었다. 의식이 갈수록 혼미해지는 한편, 목덜미의 고통은 옅어져 갔다. 뒤이어 눈앞이 서서히 탈색되기 시작하더니, 이내 시야에 잡히는 모든 것이 푸르스름한 색으로 보였다.

잠시 후 이청은 몸을 느릿느릿 일으켰다. 그리고 천천히 걷기 시작했다. 이청은 당혹감에 휩싸였다. 귀신에 홀리기라도 했는지, 의지와는 상관없이 몸이 혼자 멋대로 움직이고 있었다. 그러면서도 의식은 아직 남겨진 채였다. 이래서는 살아 있는 꼭두각시나 다름없는 꼴이었다.

이청은 통제 불능이 된 제 몸을 속수무책으로 방관하다가, 문득 확신했다.

'이것은 꿈이다.'

그렇다면 이 말도 안 되는 일련의 상황들이 충분히 이해가 갔다. 이보다 더 기괴한 꿈도 숱하게 꿔봤으니까. 그러나 이토록 생생한 경우는 처음이었다. 세자에게 목이 졸리는 꿈을 꿨을 때도,

온몸을 난도질당하는 악몽을 꿨을 때도 이번처럼 통증이 적나라하게 와닿지는 않았었다.

'꿈이어야만 한다.'

불행인지 다행인지 목덜미의 통증은 어느덧 완전히 사라졌다. 오감은 여전히 작동했으나 그 강도가 각각 들쭉날쭉했다. 촉각은 전보다 무뎌진 반면 후각과 청각은 민감해졌고 시각은 색감이 푸르스름해지긴 했어도 대체로 전과 다름없이 기능했다.

이청은 머리통이 으깨진 채 움직임을 멈춘 상선을 지나쳐 침소 밖으로 나갔다. 자기가 자기한테 끌려다니는 모순적인 상황에 현기증이 났지만, 일단은 눈앞에만 정신을 집중했다. 복도와 벽에 핏자국이 드문드문 묻어 있었으나 사람은 없었다. 그대로 쭉 걸어가 모퉁이를 돌자, 복도의 끝에 새우처럼 웅크리고 앉은 소환 하나가 눈에 띄었다.

이청은 그에게로 질질거리며 다가갔다. 소환은 이미 겁에 질릴 대로 질렸는지 도망칠 생각은 고사하고 사시나무처럼 바들바들 떨고만 있었다. 이청은 그런 그를 보며 갈증과 비슷한 듯하면서도 미묘하게 다른, 여하간 난생처음 느껴보는 욕구에 사로잡혔다.

갈증은 갈증인데, 목이 아니라 몸이 말랐다. 물이 아니라 피가 당겼다. 살아 있는 인간의 육체에서 갓 뽑어져 나오는 생혈을 꿀꺽꿀꺽 들이켜고 싶었다.

그래서 이청은 소환 앞에 무릎을 꿇고 앉았다. 소환은 그저 눈물만 주룩주룩 흘리며 이청을 무력하게 바라보았다. 이청은 몸이 하려는 바를 강하게 반대했다. 의지를 최대한으로 발휘하여 어떻게든 버텨보았다. 그러나 소환이 도망치려고 몸을 일으키자마자 그를 확 덮쳤다.

목덜미를 세게 물자, 혈관이 툭툭 끊어지는 느낌이 잇몸을 타고 전달되었다. 이윽고 소환의 피가 이청의 입안을 촉촉이 적시기 시작했다. 이청은 갈증이 해소되는 짜릿함을 만끽하는 동시에 끔찍한 죄책감에 치를 떨었다. 이러고 싶지 않은데도 도저히 흡혈을 멈출 수가 없어 원통했다. 그래서 이청은 울었다. 소환에게 마음속으로 용서를 빌며 서럽고 또 서럽게 울었다. 상선이 자신에게 그랬던 것처럼.

소환의 피에서 단물이 빠지자 이청은 곧 입을 뗐다. 소환은 이청이 그랬던 것처럼 한동안 죽은 듯이 뻗어 있더니, 머지않아 몸을 일으켜 복도를 정처 없이 거닐기 시작했다. 이청 역시 자리에서 일어나 또 다른 싱싱한 먹잇감을 찾기 위해 주변을 두리번거렸다. 그러나 다 뒤져보아도 실내에는 이미 이청과 같이 생혈을 찾아 배회하는 자들밖에 남아 있지 않았다. 이청은 곧 강녕전 밖으로 나갔다.

문간을 넘어 한 걸음 내딛자마자 노도와 같은 울음소리가 이청의 귀를 훅 덮쳤다. 강녕전 전각 주변은 이미 아비규환이었다. 이청과 같이 변해버린 이들이 수두룩했고, 그들을 상대로 금군

31

들이 대치 중이었다.

'물리면 아니 된다.'

모두에게 알려주고 싶었으나 목소리는 물론 나오지 않았다. 일단 이청과 마찬가지로 '실성'한 자들은 움직임이 굼떴기 때문에 그들의 공격을 막아내기는 어렵지 않아 보였다. 다만 금군들은 반격해야 할지 말지를 두고 갈팡질팡하는 중이었다. 끽해야 들러붙으려는 것들을 발로 차서 떨쳐낼 뿐 창검을 휘두를 엄두는 차마 내지 못하다가, 잠깐 방심한 틈에 허망하게 물려버리는 경우가 부지기수였다.

이청은 답답함과 갈증을 동시에 느끼며 가까운 금군들을 향해 걸어갔다. 그러던 중 공 같은 무엇인가가 데굴데굴 굴러와 발끝을 툭 쳤다. 아래를 내려다보니 공이 아니라 누군가의 머리통이었다. 이청은 이어서 그것이 굴러온 방향으로 시선을 옮겼다.

이신이 막 향오문을 넘어 강녕전 앞마당으로 들어오고 있었다. 그는 실성한 자들이 보이는 족족 목을 단칼에 쳐내다가, 강녕전 영역에 흩어져 있는 금군들에게 소리쳐 말했다.

"목을 쳐야 한다! 목을 베어 떨어뜨려야 물리칠 수 있다. 활이나 찌르기는 통하지 않아!"

금군들이 머뭇거리자 이신이 덧붙였다.

"다들 저것들처럼 되고 싶으냐? 물리면 저리 된다. 그러니 저런 것들이 더 많아지기 전에, 우리까지 당하기 전에 막아야 한다. 왕세자인 내가 허하는 것이니 주저치 말고 저것들의 목을 베어

32

라. 알겠느냐!"

"예!" 하고 대답하는 소리가 산발적으로 들렸다. 이후에는 금군들도 창검을 고쳐잡고 실성한 자들을 공격하기 시작했다.

한편 이청은 방향을 바꿔 이신을 향해 걸어가기 시작했다. 아들의 피를 마시고 싶은 욕구가 치밀자 울음이 목청껏 흘러나왔다. 싫다고, 절대 안 된다고 속으로 수백 수천 번을 외쳐도 몸은 귓등으로조차 들어주지 않았다. 거리는 점점 가까워졌고, 마침내 이신도 낌새를 알아채고 이청 쪽으로 고개를 돌렸다.

"……아바마마."

이신의 얼굴이 청천벽력이라도 마주한 듯 창백해졌다. 그러나 곧 결심한 표정을 짓더니, 망설임 없이 성큼성큼 다가와 이청을 향해 검을 휘둘렀다.

몸이 가벼워진 듯한 느낌이 들다가 돌연 시야가 빙글빙글 정신없이 돌았다. 그러더니 이내 쿵, 하고 뒤통수부터 땅에 떨어졌다. 머리통은 바닥을 몇 차례 구른 끝에 멈췄다. 이청은 이리저리 뛰어다니는 발들을 초점 잃은 눈으로 바라보다가, 곧 의식을 잃었다.

5

어디선가 맹수의 울음소리가 들려왔다.

눈이 번쩍 뜨였다. 천둥소리로 착각할 만큼 힘 있는 포효였다. 이청은 극심한 피로를 이겨내고 몸을 일으켰다. 그리고 침상을 빠져나와 머리맡의 등잔에 불부터 붙였다. 협탁 위에 놓인 피아리수가 가장 먼저 눈에 띄었다. 화분 아래로 시든 꽃 한 송이가 떨어져 있었는데, 불을 붙이던 중 손에 닿아 그리된 듯 보였다. 그 점을 제외한다면, 꽃잎들이 불빛을 입고 아기자기하게 빛나는 자태가 '방금 꾼 꿈'에서 본 모양새와 똑같았다.

이청은 이어서 침소의 미닫이문을 바라보았다. 수상한 인기척은 느껴지지 않았고, 문풍지 너머로 어슬렁거리는 그림자도 보이지 않았다. 그래도 이청은 긴장을 늦추지 않고 침소 안에 있는 등불들을 밝힌 다음, 직접 문을 열고 복도로 나갔다.

"전하." 복도에 있던 상선이 의아해하며 물었다. "이 시각엔 어인 일이시온지요?"

상선은 흐트러진 곳 하나 없이 멀쩡했다. 옆에서 대기 중인 환관과 나인들도 아무런 이상이 없어 보였다.

"혹여 옥체 미령하신 점이라도……."

"이보게, 상선. 오늘이 무슨 날인가?" 상선이 대답하기도 전에 이청이 말을 이었다. "참으로 기이한 일이다. 과인이 어제, 아니, 방금……."

이청은 끝내 고개를 저었다.

"아닐세. 잠자리가 뒤숭숭하였을 뿐이니 염려치 마시게."

그리 말하고 침소로 돌아가려는데, 복도의 모퉁이 너머에서 뭔가가 우당탕 넘어지는 소리가 났다. 이어서 사내가 흐느끼는 소리가 흘러들었다. 미약하게나마 피비린내도 났는데, 이청은 그 냄새를 맡고서야 잠에서 완전히 깼다.

"저런 천하의 무례한 것이 있나." 상선이 화를 내며 소리가 난 쪽으로 향했다. "누가 감히 지밀(至密)에서 울음소리를 낸단 말이냐."

이청이 상선의 팔을 잡아끌었다. "가지 말거라."

"하오나 전하."

이청은 계속해서 복도의 모퉁이를 주시했다. 얼마 가지 않아 거기서 대전별감이 모습을 드러냈다. 입가부터 철릭의 저고리 부분까지 피가 흥건하게 묻었고, 자식이라도 잃은 사람마냥 슬피 울고 있었다.

"김 별감!"

상선이 또 앞으로 나아가려 하자 이청이 재차 잡아 말렸다.

"꿈이 아니었어."

"……예?"

이청은 침소로 가 검을 뽑아 든 후, 오던 길을 다시 성큼성큼 되돌아 나왔다.

"전하!" 상선이 기겁을 했다. "거, 검은 어찌하여……."

"물러서라."

이청은 마찬가지로 놀라 허둥대는 나인들에게도 명했다.

"너희들도. 모두 내 침소로 들어가 있거라."

상선이 말했다. "허나 김 별감이 저리 피를……."

"저것은 이제 더는 김 별감이 아니다. 명을 듣지 못한 게냐? 과인의 침소로 모두 피신하라 하였다, 어서!"

상선과 나인들이 부랴부랴 침소로 들어가는 사이, 대전별감이 이청에게로 슬금슬금 다가왔다. 이청은 검의 손잡이를 두 손으로 그러쥐며 자세를 취했다. 그리고 세자가 했던 말을 곱씹었다.

'목을 쳐야 한다.'

이청은 정면으로 돌진해 검을 횡으로 높게 휘둘렀다. 골육을 가르는 소리와 함께 벽에 핏자국이 한 줄 길쭉하게 튀었다. 몸에서 떨어져 나간 별감의 목이 쿵 소리를 내며 바닥에 떨어지는 순간, 멀리서 맹수의 울음소리가 또 한 차례 크게 울려 퍼졌다.

"이때였구나." 이청은 똑똑히 기억해냈다. "직전에는 이 소리를 듣고 나서야 기상하였었다."

"그것이 무슨 말씀이시옵니까?" 어느새 곁에 다가온 상선이 파랗게 질린 채 버벅거렸다. "김 별감은 대체……. 아니, 도대체 이게 다 어찌 된 일이옵니까?"

"모른다." 이청은 말했다. "다만 궐에 변고가 일어났다는 것만은 확실하다. 사방이 막힌 실내는 위험하니 우선 바깥으로 나가야 한다."

이청은 곧 궁인들을 데리고 강녕전을 나섰다. 중간에 복도 곳곳에서 대전별감과 같이 변해버린 궁인들을 여럿 마주쳤으나 이청이 모조리 목을 쳐 해치웠다.

밖으로 나오자 내금위장을 필두로 금군 한 부대가 막 향오문을 건너오는 것이 보였다. 이청은 살아서 함께 나온 궁인들에게 금군 곁에서 떨어지지 말라고 명한 후, 내금위장과 만났다.

"전하!" 내금위장이 뛰어오며 고개를 숙였다. "무사하셨나이까. 궐의 남쪽이 아직 안전하니 속히 광화문으로 대피하시옵소서."

이청이 급히 물었다. "저것들이 어느 방면으로 침입했는지 아는 바가 있느냐?"

"직접 확인치는 아니하였으나 북쪽으로 사료되옵니다. 북문에서 간신히 후퇴한 부하가 이르길, 후원에 있던 금군과 환관, 궁녀 들 모두가 저리 변하여 일제히 남하 중이라 하옵니다."

이청은 바싹 타들어 가는 입으로 되물었다.

"……후원의 궁인 전원이?"

"예. 도합 일천여 명에 가까운 규모인데 남하할수록 세가 불어 나고 있사옵니다. 이미 취로정*은 족히 넘었을 것이옵니다."

말마따나 그들의 울음소리가 점점 가까워지고 있었다.

"현재 살아남은 궐내 병력은 몇이나 되느냐."

"금군과 일반병, 내사복의 갑사들까지 모두 합하여 삼백 명 전 후밖에 되지 않사옵니다."

이청의 표정이 더욱 어두워졌다. "열세로구나."

"그리고 보고드릴 것이 한 가지 더 있사온데……."

"뜸 들이지 말라."

"백악산**에서 범(虎) 한 마리가 월담하여 후원으로 난입하였다 하옵니다."

"범?"

"그러하옵니다. 크기가 여태 본 적이 없을 만큼 매우 크고, 사 람이 보이는 족족 물어 죽이고 있다 하옵니다."

이청은 깨기 직전에 들었던 맹수의 울음소리를 문득 떠올렸다 가 곧 떨쳐냈다.

---

*   지금의 향원정.
**   북악산의 옛 이름.

"지금 범 따위가 대수란 말이냐. 사소한 호환은 무시하라. 당장은 살아남은 궁인들부터 대피……."

말을 미처 끝맺기도 전에 슬픔에 찬 울음소리가 사방에서 번지더니 곧 이청의 목소리를 소나기처럼 뒤덮었다. 이윽고 '그것들'이 문을 부수고 흠경각의 양쪽 길목과 교태전의 남쪽 통로로 범람하듯 들이닥치기 시작했다.

"전하!" 내금위장이 재촉했다. "어서 대피하시옵소서!"

이청은 반사적으로 뒷걸음질을 쳤다. 줄행랑치고 싶은 마음이 솟구쳤으나, 끝끝내 마음을 다잡고 두 주먹에 힘을 주었다.

"불가하다. 이대로 방치한다면 저것들은 필시 궐을 뚫고 도성 전체로 퍼져나갈 것이다. 맞서 싸워야 한다."

이청은 이어서 혼란에 빠진 금군들을 향해 소리쳤다.

"겁먹을 것 없다! 검을 빼 들어 공격하라. 움직임이 느리니 대응하기 어렵지 않을 것이다. 주저하지 말라. 저것들은 더는 인간이라 부를 수 없는, 흡사 물괴와 같은 존재들이다. 목을 쳐야만 해치울 수 있으니, 금군들은 전원 저것들의 목을 베어라. 어명이다!"

금군들이 하나둘씩 검을 뽑아 '그것들'을 상대하기 시작했다. 그러나 아직 망설이는 이들이 많아 이청이 나서서 '그것들' 중 한 명의 목을 보란 듯이 베어냈다. 그 광경을 목격한 금군들의 사기가 순식간에 올라갔고, 강녕전 마당 곳곳이 금세 유혈로 낭자해졌다.

전투가 한창인 와중에, 향오문으로 막 넘어오는 세자의 모습이 이청의 시야에 잡혔다. 이청은 곧 "신아!" 하고 부르며 그를 향해 뛰어갔다.

"아바마마!" 이청을 본 이신의 얼굴에 화색이 돌았다. "무사하시어 다행입니다."

"과인이 할 소리다. 다치거나 물린 데는 없느냐?"

"멀쩡합니다. 그리고 도중에 어마마마를 만나 광화문 쪽으로 대피시켰습니다."

"잘하였다."

이청은 한시름 크게 놓았다가, 다시 주위를 경계하며 말했다.

"이것이 다 무슨 변고인가. 네가 서역에서 만났다는 무당의 예언이 참이었구나."

"소자가 보기에 이것들은……."

이신이 울며 다가오는 피투성이 금군의 목을 베고 나서 말을 이었다.

"창귀(倀鬼)인 듯합니다."

"……창귀?"

이청은 미간을 좁혔다.

"창귀라 하면, 범에게 물려 죽은 귀신을 일컫는 말이 아니더냐."

"예. 야사에만 기록된 허구의 존재인 줄 알았더니, 아무래도 실존하였나 봅니다. 궐 안에 범이 한 마리 들어왔는데 혹 보셨습니까?"

"내금위장에게 듣기는 하였다만……."

"저는 멀리서나마 직접 목격했습니다. 범에게 해를 입은 자는 그 즉시 인격을 상실하고 창귀로 변하더군요. 창귀에게 물려도 창귀가 되지만, 범에게 긁히거나 물려도 창귀가 됩니다."

이청은 일순 회의적인 표정을 내비쳤으나, 현재의 이 수라장을 마주하고 있자니 마냥 허황된 말로 치부하기도 힘들었다.

"미쳐버린(倀) 귀신(鬼)이라." 이청이 씁쓸하게 말했다. "이것들을 묘사하기에는 부족함이 없는 표현이다."

"이제 어찌하실 계획이십니까? 우선 궐을 버리고 도망치시는 것이……."

갑자기 창귀 하나가 달려드는 바람에 대화가 끊겼다. 한때 궁녀였던 창귀는 몸을 내던지다시피 하며 이청을 덮치더니 그를 등 뒤로 꽉 안았다. 떼어내려 해봐도 여의치가 않았다.

"이, 이것이, 힘이 왜 이리……."

말문이 막혔다. 어찌 된 일인지 여태 상대해왔던 것들과 다르게 힘이 매우 셌고 움직임도 민첩했다. 또한 울지도 않았으며, 화가 난 날짐승처럼 날카롭게 짖어대고 있었다.

이신이 다가와 어찌 손을 써보기도 전에 창귀가 이청의 목덜미를 물었다. 이어서 그것이 갈비라도 뜯듯 고개를 확 돌리자 목덜미의 살과 근육이 크게 뜯겨나갔다. 격한 고통에 목소리조차 나오지 않았다. 이청은 곧 온몸의 힘이 쑥 빠져 무릎을 꿇었다.

"아바마마!"

세자의 절규가 먹먹하게 들렸고, 의식이 쏜살같이 멀어지기 시작했다. 옆을 슥 보니, 창귀는 그새 목표물을 바꿔 이신을 공격하고 있었다. 이청은 퍼렇게 물들어가는 시야로 그 광경을 흐릿하게 지켜보다가, 마지막으로 할 수 있는 최선의 행동을 취하기로 마음먹었다.

이청은 남은 정신을 최대한으로 집중하여 검을 들었다. 이어서 그것을 바닥에 사선으로 박아넣은 다음, 칼날 위에 자신의 목을 가져다 댔다. 끝으로 몸무게를 실어 칼날 위에다 목을 미끄러뜨렸다.

6

어디선가 맹수의 울음소리가 들려왔다.

이청은 눈을 뜨고 몸을 일으켰다. 잠시 멍한 상태로 어둠을 응시하다가, 곧 머리맡의 등잔에 불을 붙였다. 협탁 위에 놓인 피아리수가 눈에 띄었다. 화분 아래로 시든 꽃 두 송이가 떨어져 있었다. 이청은 그것들을 집어 손바닥에 올려놓고는, 한동안 주마등이라도 훑듯 여러 가지 생각에 잠겼다. 그 후 침상을 빠져나와 검을 들고 복도로 나갔다.

"전하!" 상선이 기겁을 했다. "거, 검은 어찌하여……."

"물러서라."

이청은 이어서 복도의 모퉁이 쪽을 바라보았다. 아니나 다를까 뭔가가 우당탕 넘어지는 소리가 났고, 사내가 흐느끼는 소리도 흘러들었다. 이청은 피비린내를 맡자마자 복도를 빠르게 가로질러, 막 모습을 드러낸 대전별감의 목을 단칼에 쳐냈다.

"기, 김 별감!"

상선이 파랗게 질리자 이청이 말했다.

"더는 김 별감이 아니다. 창귀이니라."

살아남은 궁인들을 이끌고 강녕전 밖으로 나오자, 맹수의 울음소리가 또 한 차례 크게 울려 퍼졌다.

"……범."

과연 북쪽의 후원 방면에서 들려온 것이 틀림없었다. 곧이어 내금위장을 필두로 금군 한 부대가 막 향오문을 건너오는 것이 보였다.

"전하!" 내금위장이 뛰어오며 고개를 숙였다. "무사하셨나이까. 궐의 남쪽이 아직 안전하니 속히 광화문으로 대피하시옵소서."

이청은 거두절미하고 말했다. "현황부터 보고하라."

내금위장은 '직전 날'에 했던 말과 똑같은 내용을 보고했다. 이청은 만전을 기하기 위해 처음 듣는 태도로 끝까지 경청했고, 알고 있는 사태와 내용상 차이가 나는 부분이 없음을 확인했다.

머지않아 울음소리가 사방에서 번지더니 곧 강녕전 영역을 소나기처럼 뒤덮었다. 이윽고 창귀들이 흠경각의 양쪽 길목과 교태전의 남쪽 통로로 범람하듯 들이닥쳤다.

"겁먹을 것 없다!"

이청이 금군들에게 소리쳐 말했다.

"검을 빼 들어 공격하되, 주저하지 말라. 저것들은 더는 인간이라 부를 수 없는 창귀들이다. 목을 쳐야만 해치울 수 있으니, 금군들은 전원 창귀들의 목을 베는 일에 사력을 다하라. 어명이다!"

금군들이 하나둘씩 검을 뽑아 창귀들을 상대하기 시작했으나, 여전히 망설이는 이들이 많아 이청이 나서서 창귀 한 명의 목을 보란 듯이 베어냈다. 그것을 본 금군들의 사기가 순식간에 올라갔고, 이내 강녕전 마당 곳곳이 유혈로 낭자해졌다.

이어서 이청은 향오문으로 넘어온 세자와 만났다.

"아바마마!" 이청을 본 이신의 얼굴에 화색이 돌았다. "무사하시어 다행입니다."

"과인이 할 소리다." 이청은 기시감 아닌 기시감을 느끼며 말했다. "다치거나 물린 데는 없고?"

"멀쩡합니다. 그리고 도중에 어마마마를 만나 광화문 쪽으로 대피시켰습니다."

"잘하였다."

"그나저나 방금 외치는 말씀을 들었습니다. 어찌 창귀인 줄로 생각하셨는지요? 아바마마께서도 범을 보셨습니까?"

"직전 날, 세자 너에게서 들었다."

"……예?"

이청은 잠시 고심하다가, 솔직하게 털어놓았다.

"어찌 된 조화인지는 모르겠으나, 현재 과인은 금일 밤을 반복하여 사는 중이다."

이신은 미간을 좁히더니, 이내 대꾸했다.

"말씀이 이해가 가질 않습니다."

"난 사실 죽었었다. 어제도, 그저께도, 벌써 두 번이나 명을 달리하였다. 그러나 황천을 넘기는커녕 매번 오늘 밤 침소에서 목숨이 다시 시작되고 있구나. 이번이 벌써 세 번째 밤이 된다. 저 것들이 창귀라는 주장은 직전 날인 두 번째 밤에 세자 너에게서 들은 것이고."

"아바마마……." 이신이 검을 천천히 세웠다. "혹시 물리셨습니까?"

"아니다!"

이청은 구구절절 설명하려 입을 떼다가, 끝내 단념하고 한숨을 지었다.

"하기야 과인도 아직 꿈만 같거늘, 말로만 들은 너는 오죽하겠느냐. 믿어주지 않아도 좋다. 허나 너는 분명 멀리서나마 직접 목격하였다고 했단다. 창귀에게 물려도 창귀가 되지만, 범에게 긁히거나 물려도 창귀가 된다고 말이다."

이신은 막 달려든 창귀 하나의 목을 베어내고 나서, 천천히 고개를 갸웃거렸다.

"분명 보기는 보았습니다. 멀리서나마, 궁인이 범에게 물려 창귀가 되는 광경을요. 헌데 그것을 아바마마께서 어찌……."

"말했잖느냐. 직전 날에 너에게서 직접 들었다고."

"……."

이신은 입술을 야무지게 다물고 재차 생각에 잠기더니, 이윽고 고개를 끄덕였다.

"소자, 아바마마의 말을 믿겠습니다."

담백한 말투였다.

"믿어서 손해 볼 것도 없으니까요. 말씀인즉슨, 붕어(崩御)하실 때마다 그 죽음이 곧 없던 일이 되고, 오늘 밤 침소에서 주무시던 때로 되돌아와 부활한다는 것이죠?"

"그러하다."

"그렇다면 굉장한 일이지 않습니까! 사실상 불사신이 되신 것이나 다름이 없으니까요."

"그렇지 않아." 이청은 단호히 고개를 저었다. "이번이 마지막 부활일 가능성도 결코 배제할 수 없다."

"원인이 대체 무엇일까요? 혹시 제가 선물하였던 피아리수가 영향을 준 것은 아닐는지요?"

"받아들이긴 쉽지 않으나, 실은 과인도 내심 그리 생각……."

갑자기 창귀 하나가 달려드는 바람에 대화가 끊겼다. 이청은 그것이 자기를 향해 덮쳐오자마자 가까스로 몸을 피했다. 직전 날에 이청을 물어뜯었던 날짐승 같은 창귀였다. 창귀는 뛰던 관성 때문에 앞으로 넘겨졌다가 오뚝이처럼 벌떡 일어났다. 그리고 뒤돌아 이청을 노려보더니 화가 머리끝까지 난 얼굴로 괴성을 질러댔다.

"조심하거라, 세자." 이청이 말했다. "다른 것들과 달리 포악하고 움직임이 민첩하다."

그 말에 부응이라도 하듯 창귀가 잽싸게 달려들었다. 이청은 옆으로 살짝 피하며 창귀가 뻗은 팔에 검을 휘둘렀다. 한쪽 팔이 떨어져 나가자 창귀는 남은 한쪽 팔로 이청의 상투를 잡아챘다. 머리칼이 죄다 뽑힐 듯 당겨졌으나 곧 이신이 합세해 창귀의 나머지 팔 한쪽도 베어버렸다. 이청은 머리채에 대롱대롱 매달린 손을 떼어낸 후, 끝내기로 창귀의 목을 쳐냈다.

굼뜬 창귀들보다 강하다고는 하나 살가죽까지 강화되거나 한 것은 아니었다. 검과 실력만 있다면 힘들게나마 상대가 가능한 수준이었다. 주위를 둘러보니 이 같은 창귀들이 드문드문 눈에 띄었는데, 금군들은 주로 그것들에게 애를 먹고 있었다.

이청이 말했다. "간혹 굼뜨지 않고 날랜 창귀들이 끼어 있는 연유를 모르겠구나."

"범에게 물린 창귀들입니다." 세자가 대답했다. "직전 날의 소자가 이건 말 안 해주던가요?"

"듣지 못하였다. 자세히 설명해보아라."

"소자가 관찰한 바로는 이러합니다. 움직임이 굼뜨며 슬피 우는 창귀들은, 같은 창귀에게 물려 변한 창귀들입니다. 그리고 움직임이 날래며 난폭하게 구는 창귀들은 범에게 물려 변한 창귀들입니다."

"그렇다면 창귀는 두 종류가 있는 셈이로군."

"예. 굼뜬 것들은 슬퍼한다 하여 애귀(哀鬼), 날랜 것들은 분노한다 하여 노귀(怒鬼). 편의상 이리 칭하면 될 듯합니다."

"……전하!"

내금위장이 헐떡거리며 둘에게 달려왔다. 그는 막 부하들을 이끌고 교태전의 북쪽 통로에서 도망쳐오는 길이었는데, 착용한 갑주가 짧은 새에 벌써 피칠갑이 되어 있었다.

"수적 열세가 극복할 수 없는 수준이옵니다. 송구하오나 궐의 함락까지 일각*도 걸리지 않을 듯하오니, 전하와 저하께오선 부디 대피하시옵소서."

"과인은 나중에 뒤따를 터이니, 세자 너부터 가거라."

"싫습니다." 이신은 고개를 단호히 저었다. "소자도 끝까지 남아 싸울 것입니다."

"실랑이할 여유가 없다. 상황이 촉박하니 속히……."

"싫습니다!" 이신은 발끈하더니 이어서 내금위장에게 말했다. "우리들일랑 상관 말고 당장 살아남은 궁인들부터 궐 밖으로 대피시키시오."

"세자!"

이청이 버럭 호통을 쳤으나, 이신은 듣는 척도 않더니 마침 정면으로 달려오는 노귀의 목을 단칼에 떨어뜨렸다.

---

* 한 시간을 넷으로 나눈 첫째 시각. 약 15분.

"싸울 줄 아는 자는 한 명이라도 더 남아야 합니다."

이신은 말했다.

"내금위장은 창검을 들 줄 모르는 자들을 싹 다 그러모아 광화문 밖으로 내보내시오. 아, 그전에 조금이라도 상처를 입은 이가 있는지 꼼꼼하게 확인해야 하오. 혹시나 뒤늦게라도 창귀로 변할지 모르니."

내금위장은 그저 이청의 눈치만 살폈다. 이청은 마지못해 고개를 끄덕여주었다. 그 후 이신이 잠깐 한눈판 틈을 타 내금위장에게 짧게 턱짓했다. 내금위장이 검의 손잡이 끝부분으로 목덜미를 가격해 이신을 기절시켰다. 이청은 쓰러지려는 아들을 안아 세우며 말했다.

"날랜 병사를 시켜 세자를 광화문 밖까지 업어가도록 하라. 호위가 열은 족히 있어야 할 것이다."

내금위장은 곧 부하 몇을 불러 명을 하달했다. 이청은 금군의 등에 업힌 채 멀어지는 세자의 모습을 보며 한시름을 덜었다가, 함성처럼 커져만 가는 창귀들의 울음소리를 듣고 도로 긴장을 조였다.

"융통 가능한 화포류가 얼마나 되느냐?" 이청이 내금위장에게 물었다. "총통이나 대포가 있다면 수적 열세를 극복할 수 있지 않겠는가."

"그것이……." 내금위장이 난감해하며 대답했다. "화기들은 종류를 불문하고 전부 백악산 대포 진지에 배치되어 있사옵니다."

"전부라니, 그럼 승자총통 하나 건질 수 없단 말이냐."

"아뢰옵기 황공하오나, 전부 백악산 진지 내의 무기고에 보관된 터라 꺼내올 수가 없는 상황이옵니다. 현재로서는 백병전만이 유일한……."

돌연 창귀 한 무리가 끼어들어 대화를 끊었다. 이청은 잠시 그것들과 싸우다가 여의치 않자 강녕전을 버리고 사정전 영역으로 피신했다. 그러나 창귀들의 홍수 같은 기세에 밀려 끝내 금군들과 함께 근정전 마당까지 후퇴하고 말았다. 또한 동궁전과 서쪽 궐내각사에서 싸우던 병력들, 미처 궐을 탈출하지 못한 궁인들까지 속속 모여들자 마침내 근정전 주변이 최후의 보루라도 되듯 금세 인산인해를 이루었다.

"사면초가이옵니다." 내금위장이 말했다. "봉화를 피워 지원을 요청하면 어떻겠사옵니까?"

"때를 맞추지 못할 것이다." 이청은 말했다. "궐을 불살라 일거에 소탕하는 수밖에 없겠다. 창귀가 제아무리 인간의 범주를 벗어났다 하여도 화마에는 당해낼 재간이 없을 터."

"하오나……." 내금위장이 조심스레 물었다. "괜찮으시겠사옵니까?"

"세자가 목숨을 부지하였고 창덕궁도 있으니, 종묘사직은 길이 보전될 것이다."

내금위장을 비롯해 곁에서 듣고 있던 금군들의 표정이 심해로 가라앉듯 차분해졌다. 죽음을 각오한 얼굴들이었다. 이청은 비장한 기분에 젖을 틈도 없이 곧장 지시를 내렸다.

"용기 있는 병사를 선별하여 횃불을 쥐여 주고, 근정전 영역을 벗어나 경복궁 내의 전각들을 최대한 많이 불태우도록 하라."

"명, 받잡겠나이다."

내금위장이 물러가 작전을 결행하는 동안, 이청은 남은 병력과 함께 끊임없이 쏟아져 들어오는 창귀를 베고, 베고 또 베었다. 그러나 근정전 북쪽의 사정문이 속절없이 뚫렸고 이어서 동쪽과 서쪽 통로, 끝내는 남쪽의 근정문을 통해서도 창귀들이 메뚜기 떼처럼 들이닥쳤다. 얼마 남지 않은 생존자들은 얼마 안 가 근정전 계단까지 몰렸다. 꼼짝없이 죽는 일만 남겨놓았을 무렵, 경복궁 곳곳에서 불길이 피어오르기 시작했다. 이청은 차라리 개운하다는 투로 말했다.

"이제 근정전에도 불을 놓거라."

그의 지시에 근정전에 있던 궁인들이 통곡하며 기둥 곳곳에 불을 지폈다. 불길은 금세 활활 타올랐고 곧 전각 전체가 불구덩이가 되어 가까이 다가갈 수도 없을 만큼 뜨거워졌다. 궁인들이 열기를 이기지 못하고 근정전을 뛰쳐나갔다가 족족 창귀들의 먹잇감이 되었다.

이청은 끝까지 근정전 안에서 버텼다. 물려서 창귀로 변해도 곧장 불에 타 자결할 수 있게끔 하려는 의도였다. 불에 닿기도 전에 뜨거운 공기만으로도 몸이 타는 듯 익어갔다. 실내의 공기가 연소되자 극심한 두통과 함께 이내 숨조차 쉴 수 없게 되었다.

이청은 무릎을 꿇었다. 검을 지팡이 삼아 몸을 지탱한 채, 이글이글 일그러지는 시야를 통해 주변을 살폈다. 웬일인지 창귀가 한 마리도 보이지 않았다. 이청은 이어서 근정전 바깥을 내다보았다. 창귀들은 먹잇감이 남아 있는 근정전 안으로 들어오기는커녕 불길 근처에 얼씬조차 못하고 있었다. 이청은 그 광경을 우두커니 바라보다가, 곧 산소 결핍으로 의식을 잃었다.

7

북쪽에서 범의 울음소리가 들려왔다.

이청은 눈을 뜨고 몸을 일으켰다. 고개를 흔들어 남은 잠기운을 쫓은 다음 머리맡의 등잔에 불을 붙였다. 협탁 위로 피아리수의 시든 꽃 세 송이가 떨어져 있었다. 이청은 고개를 끄덕여가며 그것을 확인한 후, 곧 침상을 빠져나와 검을 뽑아 들었다. 그대로 침소의 문을 열려다가, 문득 떠오른 바가 있어 불을 밝힌 등롱도 함께 들고 나갔다.

"전하!" 상선이 기겁을 했다. "거, 검은 어찌하여……."

"물러서라."

이청은 이어서 복도의 모퉁이 쪽을 바라보았다. 곧이어 거기서 창귀로 변한 대전별감이 모습을 드러냈다. 이청은 복도를 빠르게 가로질러 그의 앞에 검 대신 등롱부터 들이댔다. 예상대로 창귀는 불을 보자 꺼리는 기색을 역력히 드러내더니 뒤로 슬금슬금 물러나기 시작했다. 반응을 확인한 이청은 지체 없이 그의 목을 벤 후, 궁인들을 데리고 강녕전을 빠져나갔다.

마당으로 나오자, 범의 울음소리가 또 한 차례 울려 퍼졌다. 이어서 내금위장을 필두로 금군 한 부대가 막 향오문을 건너오는 것이 보였다.

"전하!" 내금위장이 뛰어오며 고개를 숙였다. "무사하셨나이까. 궐의 남쪽이 아직 안전하니 속히 광화문으로 대피하시옵소서."

"불이다."

이청은 거두절미하고 말했다.

"저것들은 불을 두려워한다. 전각의 길목마다 화롯불을 발 디딜 틈 없이 배치한다면 창귀들의 남하를 저지할 수 있을 것이다."

내금위장은 갑작스러운 지시에 잠시 당혹해하는 기색을 보이다가, 곧 이청에게 되물었다.

"어디서부터 차단하면 되겠사옵니까? 도합 일천여 명에 가까운 창귀들이 남하 중이온데, 이미 취로정은 족히 넘었을 것이옵니다."

이청은 얼른 가늠해본 끝에 답을 내놓았다.

"사정전을 중심으로 향오문과 같은 선상에 있는 통로들을 모조리 막아라. 서쪽에는 경회루가 있으니 궐내 각사로 이어지는 몇몇 길목만 막으면 될 것이고, 우측 또한 동궁전과 소주방 사이로 전각이 빈틈없이 서 있으니 금방 차단할 수 있을 것이다."

내금위장이 물러나 명을 실행에 옮기는 동안, 이청은 금군들과 함께 강녕전 마당으로 넘어오는 창귀들을 막았다. 그러던 중에 향오문으로 넘어오는 세자가 보였다. 둘은 만나서 짧게 안부를 주고받은 후, 함께 창귀를 상대해나갔다.

"그나저나 방금 외치는 말씀을 들었습니다." 이신이 말했다. "어찌 창귀인 줄로 생각하셨는지요? 아바마마께서도 범을 보셨습니까?"

"직전 날, 세자 너에게서 들었다."

"……예?"

이청은 직전 날 이신에게 해주었던 설명을 되풀이해주었다. 다 듣고 나서 이신이 말했다.

"그렇다면 굉장한 일이지 않습니까! 사실상 불사신이 되신 것이나 다름이 없으니까요."

"그렇지 않다." 이청은 말했다. "추측건대 부활 횟수가 정해져 있는 듯하였다."

"어찌 그리 추측하신 것인지요?"

"네가 선물해주었던 그 꽃 말이다."

"……피아리수 말입니까?"

"그래. 정확한 까닭은 과인도 알 길이 없다만, 한 번씩 부활할 때마다 꽃이 한 송이씩 지는 것 같더구나. 직전 날에는 두 송이, 오늘은 세 송이가 시든 채로 떨어져 있었다."

이신은 납득했다는 듯 천천히 고개를 끄덕였다.

"그럼 이제 몇 송이가 남아 있습니까?"

"미처 헤아려보지는 못하였으나, 단숨에 헤아리기 버거울 만큼 많이 남았다."

갑자기 덮쳐온 창귀 때문에 대화가 끊겼다. 어느덧 강녕전 주변의 창귀 수가 부쩍 늘어나 있었다. 이청은 조바심을 느끼며 주위를 둘러보았다. 머지않아 내금위장이 협선당을 통해 들어오는 모습이 보였다.

"전하." 내금위장이 둘 앞으로 서둘러 뛰어왔다. "명하신 대로 차단을 완료하였사옵니다. 어서 후방으로 대피하시옵소서."

이청은 세자와 남은 금군들을 이끌고 즉시 사정전 영역으로 대피했다. 한 명도 빠짐없이 넘어오고 나자, 병사들이 잠시 치워두었던 화롯불을 다시 향오문의 중앙에 가져다 놓았다.

이청은 검의 손잡이를 꾹 쥐며 통로를 응시했다. 기대한 대로 창귀들은 화롯불 너머로는 다가올 엄두도 내지 못했다. 혹시라도 뒤에서 미는 힘에 못 이겨 본의 아니게 뚫려버리는 건 아닌지 걱정했으나, 그런 일은 벌어지지 않았다. 애귀, 노귀 할 것 없이 뜨거운 열기만 닿아도 칠색 팔색을 하며 멀찌감치 떨어지기 바빴다. 이청은 이내 안도의 한숨을 내쉬었다.

"오호, 창귀들이 불을 무서워하는군요."

이신이 다소 심술이 담긴 투로 말했다.

"그렇다면 이대로 궐에 불을 질러 일거에 소탕해버리는 것은 어떻겠습니까?"

"직전 날에 이미 해보았다."

"……."

곧이어 내금위장이 다가와 보고했다.

"동쪽과 서쪽 경계에서도 창귀들의 남하를 막아냈다 하옵니다. 남은 모든 병력을 길목마다 고루 분배하여 방어선의 수비 태세를 확립했사옵니다. 또한 화롯불을 놓기 전에 먼저 안전지대로 흘러들었던 창귀들은 수색하여 소탕 중이옵니다. 머릿수가 많지 않아 금방 수습될 것으로 사료되옵니다."

"그래. 내금위장과 금군들의 고생이 많다."

"황송하옵니다. 그래도 전방은 아직 위험하니, 전하와 저하께오선 궐 밖으로 피신해 계시는 것이 어떻겠사옵니까."

이청은 이신이 어찌 나올지 뻔히 알면서도 굳이 말했다.

"과인은 나중에 뒤따를 터이니, 세자 너부터 가거라."

"싫습니다. 소자도 끝까지 남아 싸울 것입니다."

"실랑이할 여유가 없다. 상황이 촉박하니 속히……."

"싫습니다!" 이신은 발끈하더니 이어서 내금위장에게 말했다. "우리들일랑 상관 말고 당장 살아남은 궁인들부터 궐 밖으로 대피시키시오."

"세자."

이청이 부드럽게 다그쳤으나 물론 소용없었다.

"싸울 줄 아는 자는 한 명이라도 더 남아야 합니다." 이신은 말했다. "내금위장은 창검을 들 줄 모르는 자들을 싹 다 그러모아 광화문 밖으로 내보내시오. 아, 그전에 조금이라도 상처를 입은 이가 있는지 꼼꼼하게 확인해야 하오. 혹시나 뒤늦게라도 창귀로 변할지 모르니."

내금위장은 그저 이청의 눈치만 살폈다. 이청은 마지못해 고개를 끄덕여주었다. 그 후 이신이 잠깐 한눈판 틈을 타 내금위장에게 짧게 턱짓하려 했으나, 끝내 관두었다.

"……그대로 하달토록 하라."

내금위장이 고개를 숙인 후 물러났다. 이청은 과연 이게 잘하는 일일까 싶다가도, 아직 피아리수의 꽃이 많이 남았으니 큰 문제는 없을 것으로 판단했다. 무엇보다도 세자는 전력에 제법 보탬이 되었으므로 될 수 있으면 가까이 두고 싶기도 했다.

"급한 불은 끈 듯하지만……."

이신이 말했다.

"이제부터 어찌하실 생각이십니까? 방금은 농을 섞어 말씀드리긴 했으나, 진정 궐에 불이라도 지르지 않는 이상 저 많은 수를 소탕하기란 힘들 듯 보입니다. 직전 날에 시도해보았다 하셨는데, 결과가 어떠했습니까?"

"과인도 함께 타 죽었기에 확인치 못했다. 여하튼 그 방책으로는 궐의 창귀들을 소탕할 수 있을지 몰라도 범까지 잡을 수 있을

지는 미지수다. 범은 백악산의 그 높은 성벽을 월담하여 들어왔
으니 화마가 덮쳐도 마찬가지로 탈출할 수 있을 것이다. 그 후 도
성의 백성들을 창귀로 만들고 다니면 다 허사가 아니겠느냐."

"……."

"하여 과인 생각에는, 화롯불을 서서히 전진 배치하여 포위망
을 좁혀가는 것이……."

이청은 문득 하던 말을 멈추었다. 중산부터 세자가 자신의 말
을 듣지 않는 것 같았기 때문이었다. 이청은 그에게 뭐라고 하려
다가 문득 그의 시선에 눈이 갔다. 이신은 이청의 뒤쪽, 정확히는
머리 위쪽을 비스듬히 올려다보고 있었는데, 표정에 소리 없는
경악이 들어차 있었다.

고개를 돌리니, 근정전의 지붕 위에 한 마리의 범이 보였다.

밝게 뜬 보름달이 범의 모습을 적나라하게 비추었다. 몸집은
다 큰 말의 두 배는 되어 보일 만큼 거대했고, 서늘한 바람에 나
풀거리는 털이 금빛에 가까웠으며, 이마에 자란 검은 털은 붓길
하리만치 선명하게 왕(王) 자를 그리고 있었다.

주변에 있던 금군들도 뒤늦게야 알아채고 범을 올려다보기 시
작했다. 이청은 저도 모르게 침을 꿀꺽 삼켰다. 아무리 범이 기척
없이 움직이기로 유명하다지만, 저 큰 덩치로 근정전의 지붕 꼭
대기까지 올라갈 동안 아무도 눈치채지 못했다는 사실이 믿어지
지 않았다. 혹시 귀신이나 헛것은 아닐지 의심하고 있는데, 범이
돌연 근정전 지붕 아래로 모습을 감추었다. 이어서 사람들의 새

된 비명이 들리기 시작했다. 이청은 퍼뜩 정신을 차리고 얼른 근정전 영역으로 건너갔다.

가서 보니, 범이 근정전 앞뜰에서 궁인들을 무차별로 학살하고 있었다. 무슨 일인지 화가 잔뜩 난 듯했는데, 먹잇감을 사냥한다기보다는 그저 인간들을 상대로 분풀이를 하는 것으로밖에 보이지 않았다.

금군이 쉰 명 남짓 있었으나 다들 대항할 엄두도 못 내고 덜덜 떨기만 했다. 이청 역시 몸이 꽁꽁 얼어버렸다. 범은 그가 백악산으로 간혹 사냥을 나갔을 때 보았던 것들보다 크기, 힘, 움직임, 풍기는 기운까지 모든 면에서 압도적이었다. 설상가상으로 범에게 물리거나 할퀴어진 자들 중 육체의 손상이 덜한 자들이 노귀로 변하기 시작했다. 그들은 팔딱거리며 일어나 성난 얼굴로 주위를 둘러보더니 곧장 뛰어가 산 사람들을 덮쳤다. 범이 등장하자마자 전세가 순식간에 역전되었다.

"……겁먹지 말라!"

이청이 잠긴 목소리로 소리쳤다. 당장 도망쳐야 한다고 온몸의 살과 뼈가 부르짖는 것을 애써 진정시켰다.

"범을 공격하라! 저 범이 창귀들의 기원이므로 반드시 잡아야 한다. 활을 사용하라. 저것은 창귀가 아니니 활이 통할 것이다!"

그러나 말을 듣는 금군은 아무도 없었다. 다들 전의를 완전히 상실해 제자리에 버티고 서 있기만도 벅차 보였다. 이청이 답답해하며 더 재촉해보려는데, 범이 돌연 고개를 홱 돌려 이청의 얼굴을 정확히 노려보았다. 이어서 그를 향해 전광석화처럼 달려오기 시작했다.

피해야 한다고 머리로는 인식했으나 몸이 따라주지 않았다. 그새 코앞까지 온 범이 앞발을 들어 올렸고, 이청은 눈을 질끈 감았다.

8

북쪽에서 범의 울음소리가 들려왔다.

눈을 떠보니, 어찌 된 일인지 침소 안이었다. 이청은 왜 부활했는지 잠시 이해하지 못하다가, 뒤늦게야 자신이 범의 앞발에 맞아 즉사했음을 깨달았다.

당시를 상상하자 몸이 딱딱하게 굳었다. 살면서 경험해본 것들 중 가장 강력한 공포였다. 창귀가 되어 돌아다녔을 때도, 근정전 안에서 불에 타 죽어갈 때도 그보다 더 무섭지는 않았다. 또다시 그 범을 마주해야 한다고 생각하니 침상에서 일어나기가 싫어질 정도였다. 그러나 시간은 냉정하게 흘러만 갔고, 이청은 끝내 자리에서 일어나 등불을 켰다.

시들어 떨어진 피아리수의 꽃은 예상대로 네 개였다. 이청은 줄기에 붙어 있는 꽃들을 하나하나 헤아려보았다. 아직 아흔여

섯 개가 남아 있었다. 즉 시들어버린 것들까지 합하면 꽃은 딱 일
백 개인 셈이었다.

확인을 마친 이청은 곧 검을 찾아 뽑아 들었다. 이어서 각오를
다질 겸 숨을 훅 내뱉고는 문을 열고 복도로 나갔다.

강녕전을 빠져나간 후, 내금위장에게 지시하여 향오문과 동일
선상에 있는 모든 길목과 통로에 화롯불을 놓아 칭귀의 남하를
막는 데까지는 직전 날과 다름없이 진행되었다.

"……그래도 전방은 아직 위험하니," 내금위장이 말했다. "전
하와 저하께오선 궐 밖으로 피신해 계시는 것이 어떻겠사옵니
까."

이청이 거두절미하고 물었다. "궐내에 착호갑사*가 있느냐?"

내금위장은 곧 대답을 내놓았다. "궐에 상주하는 착호갑사가
삼십 명가량 되옵고, 대부분이 생존하여 현재 동궁전 영역을 경
계하는 중이옵니다."

"전원 근정전 앞으로 속히 집결시키고, 그들의 빈자리는 현재
근정전에 있는 금군들로 대체하라."

내금위장이 물러난 후, 곁에 있던 이신이 말했다.

"착호갑사라 하면 조선에서도 날고 기는 무인들만 모아놓은
최정예 병력 아닙니까? 그들은 왜 모으시려는 것인지요?"

---

*   호랑이와 표범을 잡는 임무를 맡았던 조선 시대의 특수부대원.

"곧 근정전으로 범이 들이닥칠 것이다. 기필코 잡아 죽여야 한다. 그것이 살아 있는 한 창귀를 소탕한다 한들 밑 빠진 독에 물 붓기일 뿐이니."

이청은 곧 사정문을 통해 근정전 영역으로 이동했다. 마침 착호갑사들도 북동쪽에서 발빠르게 넘어오는 중이었다. 이청은 그들이 대열을 채 갖추기도 전에 서둘러 지시를 내렸다.

"궐 안에 범이 한 마리 침입했다. 필시 이 근정전 가까이에 있을 것이니, 너희들은 이제부터 그것을 잡아주어야겠다. 창귀는 부차적이므로 신경 쓰지 말라. 우선 범이다. 범부터 잡아야 한다. 알겠느냐!"

착호갑사들은 일제히 고개를 숙이며 "예!" 하고 외치더니, 저마다 활이나 쇠뇌 등의 원거리 무기를 능숙하게 꺼내 잡았다. 이청은 내심 안도했다. 산전수전 다 겪은 듯 강인해 보이는 그들의 면면이 이루 말할 수 없이 믿음직해 보였다. 그러나 그것도 잠시, 착호갑사들의 표정이 하나둘 굳어지기 시작했다. 이유를 깨달은 이청은 입을 꾹 다물고 천천히 뒤를 돌아보았다. 근정전의 지붕 위로 그새 범이 올라와 있었다.

근정전 앞뜰이 순간 아무도 없는 것처럼 조용해졌다. 다들 범을 봤을 텐데도 공격하는 자가 없었다. 이청 역시 활을 쏘라고 지시하고 싶어도 입이 떨어지지 않았다. 한 번 경험했으니 두 번째는 좀 괜찮을 줄 알았는데, 오히려 학습된 공포 때문에 더더욱 몸이 말을 듣지 않았다. 그사이 범은 지붕에서 훌쩍 뛰어내려 앞뜰로 돌진했다.

착호갑사들은 전혀 범의 상대가 되지 못했다. 무기를 꺼낼 때만 해도 흘러넘치던 패기는 어디 가고, 다들 직전 날의 금군들과 마찬가지로 꽁무니를 빼기 바빴다. 두세 명 정도가 간혹 활을 쏘기는 했으나 그마저도 범이 앞발톱으로 쳐내버렸다. 이청은 기가 차서 입을 다물 수가 없었다. 화살을 피하는 것으로 모자라 아예 막아내는 범은 금시초문이었다.

"……더 쏴라."

어지간히 황당했던 탓인지 드디어 입이 좀 풀렸다.

"쏘란 말이 안 들리느냐!"

이청은 호통치다 못해 근처에 있던 착호갑사의 활을 빼앗아 직접 쏘기까지 했다. 화살은 빗나갔으나 범의 시선을 끌었고, 범은 이청을 쳐다보더니 한바탕 포효를 내질렀다. 이청은 화살을 재장전하려 했으나 손이 떨려 자꾸만 떨어뜨렸다. 잠시 마비되었던 공포심이 되살아나자 몸이 갓 떨어진 촛농처럼 금세 굳어버렸다.

범은 곧 이청을 향해 달려들었다. 이번에는 공격을 받아서 그런지 직전 날보다 더 분노에 찬 듯 보였다. 눈을 감고 죽음을 받아들이려는 찰나, 옆에서 누군가가 이청의 손목을 잡고 자기 쪽으로 힘차게 당겼다. 막 눈을 뜬 이청의 코앞으로 범의 큼지막한 앞발이 휙 스쳐 지나갔다.

이청을 살린 자는 이청과 비슷한 나이대에, 한쪽 눈에 안대를 찬 착호갑사였다. 범을 향해 활을 쏘았던 몇 안 되는 이들 중 하나이기도 했다. 그는 이청의 앞을 가로막듯 서서 말했다.

"위험하니 뒤로 빠지십시오."

그래도 이청이 주저앉아만 있자, 곧 그가 이청을 억지로 일으켜 세웠다.

"전하, 어서 뒤로……."

갑자기 등 뒤에서 뭔가 큰 것들끼리 부닥치는 소리가 났다. 고개를 돌리니, 구척장신에 덩치가 집채만 한 착호갑사가 씨름이라도 하듯 범을 맨몸으로 막아내는 모습이 보였다. 그사이에 안대를 찬 착호갑사가 이청을 업고 반대편으로 도망쳤다.

업혀 가면서 흘끔 보니, 범을 맨몸으로 막던 착호갑사는 막 범에게 목덜미를 물려 피를 콸콸 쏟고 있었다. 그러거나 말거나 그는 범을 결코 놓으려 하지 않았고, 이어 어디선가 화살이 날아와 범의 한쪽 눈에 정확히 명중했다.

이청은 범의 비명을 들으며 화살이 날아온 곳으로 시선을 옮겼다. 활을 쏜 자는 체구가 작은 착호갑사였는데, 자세히 보니 여인이었다. 그녀는 눈에 한 방 맞힌 것으로 끝난 줄 알았는지 방심하고 있다가, 범이 곧 자신에게 달려오는 것을 보고 황급히 화살을 재장전했다. 그러나 미처 활시위를 당기기도 전에 범의 앞발에 강타당해 머리가 목째로 뽑혀 날아가버렸다. 이청은 고개를 돌리려다가, 범이 이어서 자기 쪽을 향해 달려오는 것을 보고 눈을 부릅떴다.

"이제 됐다! 내리겠다."

이청이 말하자 착호갑사가 등에서 내려주었고, 숨 돌릴 틈도 없이 범이 달려와 둘을 덮쳤다. 착호갑사가 검을 빼 들고 막아섰으나 물론 상대가 되지 않았다. 그가 갈기갈기 찢어지는 사이 이청은 검을 바닥에 비스듬히 꽂아 고정시켰다. 그리고 범이 자기를 노려보며 달려오기 바로 직전에 칼날에 목을 미끄러뜨려 자결했다.

시야가 바닥과 밤하늘 사이를 데굴데굴 구르다가, 이내 범을 올려다보는 각도에서 뚝 멈췄다. 범은 이청의 잘린 머리통을 내려다보며 태풍의 눈처럼 고요하게 으르렁거렸다. 한쪽 눈에 여전히 화살이 박힌 채였다.

9

북쪽에서 범의 울음소리가 들려왔다.

이청은 침상에서 일어났다. 이어서 밖으로 나가 화롯불을 놓고 창귀의 남하를 막는 데까지 직전 날과 다름없이 진행되었다.

"……그래도 전방은 아직 위험하니," 내금위장이 말했다. "전하와 저하께오선 궐 밖으로 피신해 계시는 것이 어떻겠사옵니까."

"착호갑사 셋을 찾아주어야겠다." 이청이 거두절미하고 말했다. "한 명은 불혹쯤의 나이에 한쪽 눈에는 안대를 착용했고, 다른 한 명은 이립* 전후로 보이는 나이에 상당한 장신이고 덩치 역시 태산만 하며, 또 다른 한 명은 약관** 즈음으로 보이는 소녀인

---

*   서른 살.
** 스무 살.

데 아마 착호군 중에서 유일하게 여인인 듯했다.”

“황공하오나 혹여⋯⋯.” 내금위장이 선뜻 대꾸했다. “범통과 불곰, 곶감이를 하문하시는 것이옵니까?”

“⋯⋯그것이 그들의 호칭인가? 내금위장은 그 셋을 아느냐?”

“예, 착호군 내에서 최정상의 실력을 지닌 삼인방입니다.”

“그러한가.” 이청은 그럴 줄 알았다는 듯 고개를 끄덕였다. “다른 갑사나 병력들은 필요치 않다. 여기 있는 금군들 역시 전부 물리고, 그 셋만 찾아내어 근정전 앞뜰로 속히 오도록 하라.”

내금위장이 물러난 후, 곁에 있던 이신이 말했다.

“착호갑사라 하면 조선에서도 날고 기는 무인들만 모아놓은 최정예 병력 아닙니까? 그들은 왜 찾으시는 것인지요? 그리고 금군들은 왜 물리시는지요?”

“곧 근정전으로 범 하나가 들이닥칠 것이다. 기필코 잡아 죽여야만 하는데, 그것이 보통 기백을 가진 범이 아니다. 일반 금군들은 전혀 상대가 되질 않더구나.”

“에이, 범이 아무리 무섭기로서니 고작 날짐승 한 마리에 불과하지 않습니까. 설마 이 많은 병력으로 범 하나 못 잡으려고요?”

이청은 전전날, 범을 보고 경악에 빠졌던 세자를 떠올리며 말했다.

“직접 가까이서 마주하면 생각이 뒤집힐 것이다.”

“⋯⋯.”

“여하튼 그 범을 보고도 겁먹지 않고 맞서 싸운 자들이 단 세

명 있었다. 그래서 방금 그들만 특별히 불러낸 게다. 나머지는 있어봤자 창귀로 변해 없느니만 못해질 뿐이니."

둘은 곧 사정문을 통해 근정전 영역으로 이동했다. 그가 불러낸 세 명의 착호갑사들은 이미 근정전 앞뜰에 도착해 임금을 기다리고 있었다. 가서 보니 과연 직전 날에 보았던 삼인방이 틀림없었다.

이청과 이신이 가까이 다가가자 그들이 고개를 숙여 예를 표했다.

"내금위장이 이르길, 자네들의 호칭이 제법 독특한 듯하였는데."

이청이 묻자 가운데에 선 안대를 찬 갑사가 대표로 대답했다.

"모두 본명이 아닌 별칭입니다. 소관은 범통이라 하옵고, 이 덩치 큰 녀석이 불곰, 그리고 이 아이는 곶감입니다."

"숙지하도록 하마."

"황공합니다."

문득 세자의 낌새가 이상해 흘끔 쳐다보았다. 이신은 곶감이라는 별칭의 소녀 갑사를 뚫어져라 바라보고 있었는데, 어찌나 집중하던지 툭 밀기만 해도 그녀 앞으로 발랑 자빠질 것처럼 보였다. 반면에 곶감은 어딘가 만성적인 시큰둥함이 담긴 얼굴로 근정전의 외관만 물끄러미 구경하고 있었다.

이청은 세자가 심히 못마땅하여 혀를 차려다가, 일단 못 본 척하고 본분으로 돌아왔다.

"궐 안에 범이 한 마리 침입하였다."

이청이 삼인방에게 말했다.

"필시 이 근정전 가까이에 있을 것이니, 자네들은 이제부터 그것을 잡아주어야겠다."

"……저거 말입니까?"

곶감이 활시위를 힘껏 당기며 화살 끝으로 근정전의 지붕 위를 가리켰다. 이청이 미처 고개를 돌리기도 전에 곶감의 화살이 날카로운 소리를 내며 시원하게 뻗어나갔다. 범은 그것을 가까스로 피하더니, 곧장 지붕에서 내려와 포효를 질렀다. 범통이 이청의 앞을 가로막으려 하자 이청이 즉시 소리쳤다.

"엄호는 필요 없다! 빈말이 아니니 전원 범 사냥에만 전념하라. 어명이다!"

삼인방은 그 말을 듣자마자 이청의 곁에서 멀어지더니, 이내 뿔뿔이 흩어졌다. 그리고 범과 거리를 충분히 벌린 후 활을 들어 범을 조준했다. 범은 삼각형을 그리며 자신을 포위한 셋 중에서 누굴 먼저 공격해야 할지 갈팡질팡하는 듯 보였다. 그사이 삼인방이 범을 향해 일제히 활을 쏘기 시작했고, 본격적으로 범과의 전투가 전개되었다.

한편 이청은 범을 보고 굳어버린 이신에게 말했다.

"넌 피신해 있거라."

이신은 범을 향해 활을 쏘는 곶감을 가만히 지켜보더니, 이내 표정에서 두려움을 지우고 픽 늠름한 투로 말했다.

"저도 싸울 겁니다."

그러면서 등 뒤에 메고 있던 활을 떨리는 손으로 꺼내 잡았다.

이청이 꾸짖었다. "무리하지 말고 피신하래도!"

"아바마마나 피해 계십시오!"

이신은 그렇게 말하고 곧 범을 향해 뛰쳐나갔다.

"세자!"

불러봐도 소용없었다. 한편 이청은 활이 없었기 때문에 사정문 쪽으로 슬슬 후퇴하며 전투를 지켜만 보기로 했다.

원거리 공격이 사방에서 쏟아지자 제아무리 기세 좋은 범도 수세에 몰렸다. 화살이 날아오는 족족 피하거나 쳐내고는 있었으나 갈수록 자세가 불안정해졌다. 이청은 문득 범에게서 느껴지던 공포심이 한층 옅어진 것을 깨달았다. 범이 쏟아내던 분노 역시 꽤 잦아든 듯 보였고, 이제 더는 범이 직전 날처럼 까무러칠 만큼 무섭지 않았다. 이게 다 저 착호갑사 삼인방 덕분이라고 이청은 생각했다.

마침내 곶감이 쏜 화살이 범의 엉덩이에 푹 박혔다. 범은 날카로운 울음소리를 내더니, 등지고 있던 전각의 담 위로 풀쩍 뛰어올라갔다.

"도망하려 한다." 이청이 눈치채고 말했다. "잡아라! 놓쳐선 아니 된다!"

그러나 워낙 쏜살같이 내달리는 바람에 동선을 예측할 틈도 없었다. 활에 맞아 절뚝거리는데도 다치지 않았을 때보다 더 빨라 보였다. 범은 그대로 북동쪽으로 달아나 동궁전의 좌측 전각으로 건너가더니, 이어지는 담을 넘어 소주방 영역으로 훌쩍 모습을 감춰버렸다. 거기서부터는 화롯불을 설치하지 않아 아직 창귀들이 설치는 영역이었다.

이청이 고개를 뒤로 젖히며 아쉬워하자, 범통이 곁으로 다가와 말했다.

"거친 살인 데다, 독을 묻혔습니다. 어찌 뽑았다 하여도 독이 퍼지는 것을 막을 수는 없습니다."

이청은 퍼뜩 범통을 쳐다보았다.

"말인즉슨, 저 범의 죽음이 머지않았다는 뜻인가?"

"길면 하루쯤 걸리겠으나, 그 이상은 결코 넘기지 못할 것입니다."

이청은 두 무릎에 손을 올린 채로 잠시 숨을 돌렸다. 극도의 긴장이 풀리자 머리가 어지러웠다. 이신이 곁으로 와 그를 부축해주었고, 이청은 머지않아 똑바로 일어나 일행의 안위를 살폈다. 다친 사람은 아무도 없었다.

이청은 곧 착호갑사 삼인방을 두루두루 보며 말했다.

"귀관들의 용맹함이 없었다면 해내지 못했을 일이네. 환난을 수습한 후 내 친히 그대들의 공을 치하하겠다."

"성은이 망극하옵니다."

범통은 그렇게 예를 갖추더니, 이내 어딘가 꺼림칙해 보이는 표정을 지었다. 이청은 의아함을 느끼며 물었다.

"혹 과인이 염려해야 할 사항이 남았는가?"

"아닙니다. 그저 소관의 기우에 불과한 것이라……."

"말해보라."

범통은 머뭇거린 끝에 대답했다. "범이 너무 쉽게 물러난 듯한 감이 있습니다."

이청이 침묵으로 설명을 재촉했고, 범통은 계속해서 말했다.

"마당이 휑하니 트여 양쪽 모두에게 불리한 싸움이었습니다. 부상을 각오하고 달려들었다면 저희 모두를 죽일 수도 있었을 것입니다. 아마 보기와는 달리 꽤 겁이 많은 녀석 같습니다."

"흠. 그러한가……."

이청은 그냥 그러려니 했다. 결과가 괜찮았기 때문에 과정이 어찌 되었든 별 관심이 없었다. 그 대신 문득 궁금해진 것이 생겨 물었다.

"자네들은 착호갑사이니 온갖 범들을 상대해왔을 테지. 혹 저렇게 사람을 창귀로 만들고 다니는 범도 상대해본 적이 있는가?"

"황공하오나 소관 또한 이런 광경은 본 적이 없습니다."

범통이 대답하자 나머지 둘 역시 당연하다는 듯 고개를 끄덕였다.

"하긴, 과인이 너무 자명한 것을 물었구나." 이청은 하릴없이 고개를 끄덕였다. "자연의 섭리를 아득히 벗어난 현상이니……."

"하오나 저런 '성질머리'를 가진 범이라면 상대해본 적이 있습니다."

범통이 말했다.

"저 범은 먹이를 구하기 위함이 아니라 쾌락을 위해 사냥하는 듯 보였습니다. 즉 살육을 즐기는 '광호(狂虎)'로 사료됩니다. 광호는 다른 범들보다 지능이 월등히 높은데, 때때로 인간을 능가하는 모습을 보여주기도 하지요. 인간 세계에도 간혹 영악한 미치광이 살인마가 나타나는 것처럼, 저런 범이 가끔 출몰하곤 합니다."

"미치광이 범인 데다, 인간을 물어 창귀로 만들기까지……." 이청은 혼잣말하듯 읊조렸다. "그야말로 호환마마로구나."

옆에서 듣고 있던 이신도 거들었다. "천재지변이로군요."

"황공하오나, 전하." 범통이 말했다. "소관이 한 가지 여쭈어도 되겠습니까?"

"해보게."

"범이 근정전에 출몰할 것임을 어찌 미리 알고 계셨는지요?"

"……."

모두의 시선이 자연스레 이청에게로 모였다. 이청은 세자 때처럼 그냥 말해줄까 하다가, 귀찮았던 나머지 끝내 설익은 대답을 내놓았다.

"설명하자면 길고, 또한 저 창귀들보다도 더 기상천외한 이야기로 받아들여질 것이다. 나중에 기회가 된다면 들려줄 터이니, 지금은 그 궁금증을 접어두게."

범통은 미련 없이 고개를 숙이며 물러났다.

"……전하!"

한편, 멀리서 상선의 외침 소리가 들렸다. 돌아보니 상선이 막 사정문을 넘어 헐레벌떡 달려오고 있었다.

"상선." 이청이 말을 건넸다. "여태 남아 있었던 겐가? 궐은 위험하니 어서 대피하라 하였거늘."

"어찌 주상전하를 남겨두고 소인 혼자 피신할 수 있단 말이옵니까! 근정전에 범이 출몰하였다 들었는데 옥체 무사하시온지요?"

"괜찮네."

"그러지 않아도 소인, 방금 범을 지척에서 보고 오는 길이옵니다."

"……지척? 어디서 말이냐."

"예. 실은 소인, 여태 강녕전 안에 숨어 있었사옵니다. 바깥이 잠잠해지면 나가려 했으나 좀체 때를 잡지 못하던 중, 돌연 범이 전각 안으로 느릿느릿 걸어들어오는 것이 아니겠사옵니까. 침전의 자개장롱 안으로 숨어 들어가 겨우 들키지 않고 목숨을 부지할 수 있었지요. 정말 십년감수했사옵니다……."

이청이 삼인방에게 눈짓을 보내자, 다들 등에 멘 활을 잡기 위해 손을 올렸다.

"범의 상태는 어떠했는가? 화살은 여전히 박혀 있더냐?"

"……화살, 말씀이시옵니까?" 상선은 고개를 저었다. "농의 열린 틈으로 범의 모습을 자세히 볼 수 있었사온데, 화살에 맞거나 상처가 있지는 않았사옵니다."

이청은 실망하며 말했다. "그럼 만난 것이 우리와 전투를 벌이기 전의 일이었나 보구나."

그 말을 들은 삼인방도 잡았던 활을 도로 놓았다.

"범이 강녕전에서 무얼 하더냐?"

"강녕전 내부를 샅샅이 뒤지는 듯하였는데……. 소인이 날짐승의 의중까지 파악하는 능력은 없사오나, 다만 짐작건대 강녕전에 사는 주인을 찾는 듯 보였사옵니다."

"……과인을?"

"그러하옵니다. 침전까지 들어와 이부자리의 냄새까지 맡는 모습이 가히 섬뜩할 지경이었지요. 크기도 매우 크고, 보고만 있어도 정신이 아득해져 장롱 속에서 그만 혼절할 뻔하였사온데……. 전하?"

이청은 손을 들어 상선의 말을 멈추었다. 중간부터 딴 데를 보느라 상선의 말이 귀에 들어오지 않았다. 몇 걸음 떨어진 곳에서, 세자가 곶감에게 말을 붙이고 있었다.

이청은 모른 척하며 귀를 기울였다.

"활 잘 쏘던데?" 이신이 말했다.

"저하도 잘 쏘시던데요." 곶감이 사무적으로 답했다.

"네가 나보다 나았다. 난 못 맞혔지만 넌 범을 맞혔으니. 내게 붙은 신궁이라는 칭호를 너에게 물려줘도 손색이 없겠더라."

"……."

곶감은 그 이상 대꾸하지 않았다. 대화가 거기서 끝나려나 싶었는데, 세자가 계속해서 말을 걸었다.

"근데 넌 이름이 어떻게 되느냐?"

곶감이 귀찮다는 듯 대답했다. "곶감입니다."

"아니, 별칭 말고. 네 진짜 이름 말이다."

"그게 왜 궁금하신데요?"

"아니, 뭐……." 이신은 멋쩍은 듯 구레나룻을 긁었다. "싫으면 말하지 않아도 된다."

둘 사이가 급격히 서먹해졌다. 이청은 안심하고 곧 다른 데로 주의를 돌리려다가, 말았다. 말해줄 마음이 생겼는지 곶감이 입을 달싹거리자, 이청이 그전에 얼른 끼어들었다.

"세자!"

이신과 곶감이 동시에 이청을 쳐다보았다.

"저기, 그……." 이청은 막 떠오르는 대로 지시했다. "가서 내금위장을 불러오라. 아마 사정전 근처에 있을 것이다."

그러자 옆에 있던 상선이 말했다. "전하, 제가 불러오겠나이다."

"됐네. 일각이 급하여 발 빠른 세자를 시키려는 것이니. 그나저나 상선 자네는 어서 궐 밖으로 나가라 하지 않았는가."

이청은 등을 떠밀어 상선을 대피시키고 이신에게 재촉했다.

"자, 어서."

이신은 미련이 남은 눈치로 곶감을 곁눈질하다가, 곧 사정문으로 걸음을 옮겼다.

이청은 멀어지는 이신의 등을 보며 저도 모르게 한숨을 지었다. 그리고 곶감을 슬며시 흘겨보았다. 만에 하나의 경우를 생각해보았으나, 단호히 고개를 저었다. 어느 집안의 여식인지는 몰라도 착호갑사의 지위에 오를 만큼 험하디험한 무인이니 반가의 규수일 리 만무했다. 어쩌면 천민 출신일 가능성도 배제할 수 없었다.

"결단코 아니 될 일이다."

이청은 사념을 떨쳐낼 겸 고개를 휘휘 젓고 나서, 곧 나머지 창귀들을 소탕하기 위한 방책에 골몰하기 시작했다.

곧이어 세자가 내금위장을 데리고 왔다.

"찾으셨나이까, 전하."

이청이 물었다. "창귀들의 동태는 어떠한가?"

"여전히 화롯불 근처로는 다가오지 못하는 중이오며, 금군들의 경계 태세에도 차질이 없사옵니다."

"그래. 급한 불은 확실히 껐구나."

이청은 이어서 명을 몇 가지 하달했다.

"지금부터 도성 내의 전 군영에 파발을 띄워 궁궐의 사면을 원천봉쇄하고, 궐내에도 지원 병력을 요청한 후 대기토록 하라. 또한 도성 곳곳에 배치된 대포들도 궐내로 들여야 한다. 준비하기까지 적지 않은 시간이 소요되겠으나, 그 시간이 바로 우리의 편이 되었으니 서두를 필요가 없다. 야간에는 행동에 제약이 많으므로, 해가 뜰 때까지 기다린 후 남은 창귀들을 일거에 소탕할 것이다."

"분부대로 빠짐없이 준비하겠나이다."

내금위장이 명을 받고 물러난 지 이각* 가량이 지났을 즈음, 세자가 물었다.

"창귀는 내일 아침에 소탕한다 쳐도, 그동안 범은 어쩌실 생각이십니까? 상처를 입었다고는 하나 꽤 날래게 움직이던데요. 밤 사이에 궐 밖으로 도망쳐 백성들을 공격할 수도 있습니다."

"그것은 그리 염려치 않아도 된다." 이청은 말했다. "범은 궐 밖으로 나가지 않을 것이니."

"어찌 그리 단정하시는 것인지요?"

"실은 과인의 짐작일 뿐이다만……."

이청은 직전 날 자신의 잘린 머리를 내려다보던 범의 얼굴, 특히 그 이마에 또렷이 새겨져 있던 왕(王) 자를 떠올렸다.

"저 범은, 이곳의 우두머리를 죽이는 것이 목적인 듯 보였다. 어찌 알고 찾았는지는 모르겠으나 강녕전도 아마 그래서 들어가 봤던 것이었을 테고. 그러므로 과인을 찾아 죽이기 전까지는, 아마 궐 밖으로 나가려 하지 않을 것이다."

* 한 시간을 넷으로 나눈 둘째 시각. 약 30분.

"……."

이신이 동의하지 못하겠다는 듯 고개를 갸웃하자, 이청은 끝내 솔직하게 말했다.

"실은 과인이 그리 믿고 싶을 뿐이니라. 당장은 범에게 접근할 방도가 없으니, 지금으로서는 그저 낙관만 동아줄처럼 붙잡고 있을 수밖에."

그제야 이신이 고개를 끄덕였다.

이청은 곧 내금위장을 불렀다. 시킨 일이 어디까지 진행되었는지 점검하려는데, 문득 콧잔등 위로 뭔가가 톡 하고 떨어졌다. 빗방울임을 깨닫기가 무섭게 발밑의 돌바닥이 빠른 기세로 젖어들었고, 곧이어 쏴아―하는 소리가 궐을 뒤덮었다.

"소나기입니다!"

이신이 다급히 말했다.

"이러면 기껏 세워놓은 화롯불이……."

사정문 너머에서 금군들의 단말마가 하나둘 들려오기 시작했다. 이청은 치밀어오르는 무력감을 억누르며 사정전 영역으로 건너갔다. 화롯불은 그새 모조리 꺼져버렸고, 그 틈으로 창귀들이 물 만난 물고기마냥 쏟아져 들어오고 있었다.

"지원은 멀었는가!"

내금위장이 어두운 얼굴로 답했다. "최소 이각은 더 기다려야 하옵니다."

"어쩔 수 없구나……." 이청은 검을 뽑아 들었다. "전군 진격하라!"

이어서 내금위장이 "전군 진격하라!" 하고 크게 복창했고, 어명이 경계 선상을 타고 줄줄이 전달되었다.

총력전이 펼쳐졌다. 금군들이 수에서는 크게 밀렸으나 전투력 자체는 우세했다. 다들 그간의 경험으로 인해 각오가 다져졌는지, 방금까지 동료였던 창귀의 목을 치는 일에도 주저함을 보이지 않았다. 간혹 강력한 노귀들이 튀어나와 전열을 흐트러뜨리기는 했으나 대체로 호각을 유지했다.

"더 힘을 내거라!" 이청은 검을 번쩍 세우며 외쳤다. "여기서 뚫리면 도성이, 식솔들의 목숨이 위태로워진다. 과인이 끝까지 함께 할 것이니 목숨을 걸고 싸워라!"

금군들이 목이 터져라 함성을 질렀다.

이청의 마음속에 문득 실낱같은 희망이 피어올랐다. 식솔들의 목숨을 언급한 직후부터 금군들의 움직임이 노귀들보다도 빠르고 강해졌다. 그렇다 한들 수적 열세를 극복하기란 불가능하겠지만, 적어도 지원이 도착할 때까지는 버텨낼 수 있을 듯해 보였다. 그러나 그 기대는 범이 나타나고 나서 송두리째 녹아내렸다.

범은 사정전 전각 뒤편에서 홀연히 모습을 드러냈다. 엉덩이에 박힌 화살은 언제 뽑았는지 보이지 않았고, 상처에서 피가 좀 흐르긴 했으나 여전히 건재해 보였다.

"착호갑사들은 어디 있느냐!"

착호갑사 삼인방이 곧 범을 향해 활을 쏘았다. 그러나 범이 창귀들 사이로 교묘하게 숨어다니는 바람에 빗맞기 일쑤였다. 범은 자신을 공격하는 착호갑사들에게는 눈길도 주지 않고 금군들만 골라서 공격했다. 적의 육신을 성한 데 없이 찢어댔던 직전 날의 모습과는 달리, 지금은 앞발톱으로 툭툭 긁어 상처만 내고 있었다. 독만 슬쩍 퍼뜨려 노귀로 만들려는 수작임이 분명했다. 예상대로 노귀의 수가 순식간에 급증하자, 금군들이 속수무책으로 밀리기 시작했다.

이청은 궐이 함락되어가는 광경을 멍청히 지켜보다가, 허탈하게 읊조렸다.

"……무엇을 더 어찌해야 좋단 말인가."

문득 발목의 뒤쪽에서 타는 듯한 통증이 느껴졌다. 내려다보니 상반신만 남은 창귀 하나가 그곳을 질겅질겅 씹고 있었다. 격한 고통에 눈물이 찔끔 흘렀다. 이청은 육신이 창귀로 변하든 말든 일이 흘러가는 대로 내버려둘까 하다가, 여전히 분투 중인 세자의 뒷모습을 보고 마음을 고쳐먹었다.

이청은 검을 바닥에 사선으로 꽂은 다음, 눈앞이 파랗게 변하기 전에 힘주어 자결했다.

10

북쪽에서 범의 울음소리가 들려왔다.

이청은 눈을 떴으나, 한동안 누운 채로 깜깜한 천장만 올려다보았다. 반복되는 실패에 정신력이 거덜나버린 탓이었다.

소나기가 내린다는 사실을 알게 된 이래, 이청은 여러 날 밤을 거듭하며 고군분투했다. 그러나 판도를 바꿀 방도는 찾을 수 없었고, 피아리수는 한 송이, 한 송이 가차 없이 시들어만 갔다. 소중한 부활의 기회를 이 이상의 헛된 시도로 낭비할 수는 없는 노릇이었다.

이청은 짙어지는 절망감을 애써 누르며 침상에서 일어났다. 불을 켜고 떨어진 꽃들을 헤아리니, 다 해서 열여덟 개였다.

"……아직 여든두 번의 기회가 남았다."

이청은 자신의 양쪽 뺨을 세게 때리며 스스로를 북돋웠다.

"포기하긴 이르다. 분명 역경을 극복할 방도가 있을 것이다. 기운을 내어라, 이청."

이날 역시 화롯불을 놓고 창귀의 남하를 막은 후, 착호갑사 삼인방을 불러 범을 근정전에서 쫓아내는 데까지 직전 날과 다름이 없었다. 여기까지는 선택의 여지 없이 도달해야만 하는 지점이었다.

"활 잘 쏘던데?" 이신이 말했다.

"저하도 잘 쏘시던데요." 곶감이 사무적으로 답했다.

"네가 나보다 나았다. 난 못 맞혔지만 넌 범을 맞혔으니. 내게 붙은 신궁이라는 칭호를……."

"세자."

이청이 대화를 끊자, 둘이 동시에 그를 쳐다보았다.

"가서 내금위장을 불러오거라. 사정전 근처에 있을 것이다."

그러자 옆에 있던 상선이 말했다. "전하, 제가 불러오겠나이다."

"됐네. 일각이 급하여 발 빠른 세자를 시키려는 것이니. 자네는 어서 궐 밖으로 나가라니까."

이청은 등을 떠밀어 상선을 대피시킨 후, 이신에게 재촉했다.

"어서."

이신은 미련이 남은 눈치로 곶감을 곁눈질하다가, 곧 사정문으로 걸음을 옮겼다. 이청은 잠시 곶감을 흘겨보다가, 이내 궐의 함락을 막을 방책에 대해 골몰하기 시작했다.

곧이어 세자가 내금위장을 데리고 왔다.

"찾으셨나이까, 전하."

"지금부터 도성과 가까운 군영들에 파발을 띄워 궁궐의 사면을 봉쇄하고, 일단은 궐내에도 지원 병력을 요청하라. 그리고……"

이청은 좀 더 생각해보다가, 결국에는 고개를 저었다.

"아니다. 방금 일러준 데까지만 준비토록 하라."

내금위장이 물러가고 난 후에도 이청은 여전히 고심에 잠겼다. 이신이 곧 눈치를 읽고 말을 걸어왔다.

"용안이 왜 그리 어두우십니까?"

이청은 세자를 흘끔 쳐다보았다. 여태까지는 대답하는 시간도 아까워 세자의 물음을 무시해왔지만, 이번에는 달랐다.

"반 시진도 되지 않아 소나기가 내릴 것이다."

"예?" 이신의 얼굴도 확 어두워졌다. "그러면 기껏 세워놓은 화롯불이……"

이청은 고개를 끄덕였다. "화롯불이 꺼지고 창귀들이 들이닥칠 것이다. 그리고 중간에 범까지 가세하여, 궐이 함락될 것이다."

"그 모든 것을 직전 날에 겪어 아시는 겁니까?"

"직전 날 뿐만 아니라 벌써 십수 번째 겪는 와중이니라. 지원군은 아무리 서두르라 독촉해도 거리가 멀어 때를 맞추지 못한다. 따라서 외부의 도움을 기다릴 여유는 없으며, 지원이 올지언정 도움이 될지조차 알 수 없는 실정이다. 고급 병력인 금군들조차도 범에 의해 추풍낙엽처럼 나가떨어지는 마당이었으니…….”

“근본적인 문제는 결국 범이라는 말씀이시군요. 그럼 범이 방금처럼 근정전에 나타났을 때 놓치지 말고 반드시 잡으면 되지 않을까요?”

“그럴 수 있었다면 진즉에 그리했겠지. 허나 과인이 범의 동태를 예측해 공세를 퍼부으면 퍼부을수록, 범은 더더욱 방어적으로 나오기 일쑤였다. 수차례를 시도해도 범의 둔부에 한 발 겨우 맞히는 것이 고작이더구나.”

그것으로 대화가 끊겼고, 잠시 흐지부지한 침묵이 흘렀다. 이신은 착호갑사 삼인방 쪽을 바라보며 한동안 생각에 잠기는 듯하더니, 머지않아 입을 열었다.

“그럼 이렇게 기다리지만 말고, 지금부터라도 범을 잡으러 나가죠.”

“…….”

이청은 한동안 눈만 끔뻑거렸다. 이 무슨 막무가내 같은 소리인가 싶다가도, 곱씹어보니 가능성이 있어 보이는 듯도 했다.

“허나…….” 이청은 일단 반박했다. “현재 어디에 있는지도 알 길이 없지 않으냐.”

“그러니 이제부터 찾으러 나서자는 말씀을 드리는 겁니다. 소나기가 내리기 전에 얼른요. 창귀들에게 들키지 않게 은밀히 움직여야 할 테니 인원은 아바마마와 소자, 그리고 저 착호갑사 셋만 있으면 충분할 듯하고요. 많아봤자 방해밖에 더 되겠습니까?"

이청은 착호갑사 삼인방에게로 시선을 던졌다. 셋은 빗나간 화살들을 회수하며 재사용이 가능한지 한창 점검 중이었다.

이신이 계속해서 말했다.

"소나기가 내리기까지 반 시진쯤 남았다 하셨지요? 촉박하다면 촉박할 수 있지만, 소자 생각엔 그 안에 범을 찾아내 해치울 수 있으리라 봅니다. 물론 지금 당장은 아니고……. '언젠가'는요."

"언젠가라……."

이청은 공연히 보름달을 올려다보며 말했다.

"그때까지 과연 피아리수가 남아날지 모르겠구나. 그러나 세자, 너의 제안은 시도해볼 가치가 있다."

솟아날 구멍을 발견한 이청은 곧 착호갑사 삼인방을 불렀다. 그리고 우선 범통에게 말했다.

"자네, 과인이 범의 출몰을 어찌 미리 알았느냐 물었었지……."

이어서 이청은 현재 자신의 신변에 일어나고 있는 기현상에 대해 짧고 굵게 설명해주었다.

범통은 다 듣고 나서, 의외로 싱겁게 고개를 숙였다.

"소관의 궁금증이 풀렸습니다, 전하. 성은이 망극하옵니다."

오히려 당황한 이청이 물었다. "……믿는 것이냐?"

"예. 죽은 자들도 창귀로 부활하여 저리 돌아다니는 마당에, 전하 또한 매일 밤 부활하신다 하여 놀랄 것이 무어 있겠습니까."

이청은 피식 웃음을 흘렸다. "일리가 있구나."

옆을 살피니, 다른 둘도 그냥저냥 믿는 듯해 보였다. 불곰은 범통이 그렇다고 하니까 그런가 보다 하는 눈치였고, 곶감은 그러든 말든 별 관심이 없어 보이는 쪽에 가까웠다.

"반 시진 후 소나기가 내릴 것이다……."

이청은 이신에게 해줬던 것처럼 삼인방에게도 직전 날의 정황을 구구절절 들려준 후, 이어서 본론으로 들어갔다.

"……따라서 그전까지 범을 잡아야만 하겠는데, 귀관들의 힘이 필요하다. 허나 따라나선다면 아마 죽음을 면치 못할 것이다. 지금부터 하고자 하는 일은 과인도 '처음'이기 때문이다. 경험의 축적을 위해서는 반드시 거쳐야만 하는 실패이기도 하다. 목숨을 걸고 과인을 따라나서 주겠느냐?"

"분부만 내려주십시오." 범통이 초연한 얼굴로 대답했다. "소관들의 목숨은 이미 전하의 것이지 않습니까."

불곰과 곶감도 고개를 가볍게 숙이는 것으로 동의를 표했다.

이청은 이어서 세자에게 말했다. "종묘사직을 보전해야 하니, 세자 너는……."

"따라나설 겁니다."

이신이 떼를 쓰듯 말했다.

"애초에 소자가 제안한 일이잖아요. 그리고 저 활도 잘 쏘지 않습니까. 데려가면 분명 크게 쓸모가 있을 것입니다."

"……."

"어차피 피아리수가 있으니 혹시 죽더라도 다시 부활하면 되지 않습니까. 예?"

"네 녀석 살리자고 나까지 따라 죽으라는 말이냐!"

물론 그런 일이 생긴다면 당연히 그렇게 할 작정이지만, 막상 세자의 입에서 그런 말이 나오니 얄미웠다.

"절대 죽지 않겠습니다."

세자가 진지한 얼굴로 다짐했다.

"피아리수를 준 그 용한 점쟁이가 말하길, 소자의 명줄이 매우 질기다 하였습니다. 허니 종묘사직 걱정은 붙들어 매시고 부디 소자가 전력에 보탬이 되게 해주십시오. 예? 아바마마!"

이청이 망설이며 좀체 결단을 내리지 못하는 와중에, 범통이 얌전히 끼어들었다.

"소관은 찬성입니다, 전하. 근정전에서 본 세자저하의 활 실력은 착호갑사들 중에서도 곶감이 정도를 빼면 능가할 자가 없는 수준이었습니다. 함께한다면 분명 실보다 득이 더 클 것으로 사료됩니다."

이청은 무심코 다른 둘에게도 시선을 던졌다. 불곰과 곶감 역시 고개를 숙이는 것으로 심심하게 동의를 표했다.

이청은 한숨을 쉰 끝에 고개를 끄덕였다. 그리고 퍽 들떠 있는 이신에게로 다가가 그에게만 들리게끔 작게 말했다.

"따라나서고자 하는 네 속내를, 내 모를 줄 아느냐."

세자의 눈동자가 곧 이리저리 흔들리기 시작했다.

"무, 무슨 말씀이온지 소자는 잘……."

"저 아이는 아니 된다."

이청이 단칼에 덧붙이자, 떨리던 이신의 눈동자가 뚝 멈췄다. 이청은 쌓인 먼지라도 털어주듯 이신의 어깨를 툭툭 치고 나서, 이내 아무 일도 없었다는 듯 착호갑사 셋을 향해 물었다.

"범을 잡기에 앞서 위치부터 파악해야 할 터인데, 창귀들이 창궐한 궐내를 무턱대고 헤집고 다닐 수도 없는 노릇이다. 찾아낼 만한 방도가 있겠는가?"

범통이 생각에 잠긴 얼굴로 대답했다.

"덫을 놓거나 흔적을 발견하기 쉬운 산속이 아니고, 창귀라는 장애물도 있기에 소관들이 통상 하는 방법으로는 수색이 불가합니다. 현재로서는 높은 곳에 올라 궐내를 조망하며 범이 눈에 띄어주길 바라는 수밖에는 달리 방도가 없습니다."

"높은 곳……."

이청은 어렵지 않게 결정을 내렸다.

"그렇다면 이층 누각이 있는 경회루가 적합하다. 안전지대인 사정전의 바로 옆이라 금방 도착할 수 있을 것이다."

목적지를 설정한 이청은, 더 지체할 것 없이 근정전을 벗어나 사정전 영역으로 넘어갔다.

이청은 이어서 궐내의 방위를 내금위장에게 일임한 후, 일행들과 함께 사정전 영역의 북서쪽 통로 앞에 도착했다. 나가자마자 경회루로 이어지는 위치였다.

이청은 한 차례 심호흡을 한 후, 면면을 둘러보며 말했다.

"다들 채비는 마쳤는가."

모두가 고개를 끄덕였고, 이청은 곧 그들과 함께 통로 밖으로 조용히 나섰다.

초입에는 화롯불이 있어 그런지 창귀들이 별로 없었다. 그나마 있는 것들도 움직임이 굼뜬 애귀들이라 조용히 처리하고 이동할 수 있었다. 일행은 금세 경회루의 기단(基壇)에 도착했고, 별다른 방해 없이 2층 누각까지 오르는 데 성공했다.

2층은 창귀는커녕 개미 한 마리 없이 텅 비어 있었다. 이청은 동쪽 난간의 중앙에 서서 소주방부터 동궁전 일대를 조망했고, 나머지 넷은 각 모퉁이로 뿔뿔이 흩어져 각자 시야에 잡히는 구역을 광범위하게 탐색하기 시작했다. 야간이라 시야가 제한적이기는 했으나, 이날 뜬 보름달이 이례적일 만큼 컸고 전각들마다 등불도 줄지어 걸려 있어 탐색하는 데에는 무리가 없을 만큼 밝았다.

밤늦은 시각, 대략 천오백이 넘는 창귀들이 울부짖으며 궐내를 배회하는 광경이 가히 지옥도를 방불케 했다. 이청은 잠시 머리를 식히려고 눈을 감았다가, 옆에서 돌연 인기척이 느껴져 다시 떴다. 옆을 돌아보니, 이신이었다.

"놀랐잖느냐. 무슨 일이냐, 갑자기."

"아바마마."

이신은 눈짓으로 곶감이 있는 쪽을 가리키더니, 한껏 가다듬은 목소리로 말했다.

"소자는 직전 날에도, 그밖에 다른 날들에도 매번 저 아이에게 반했었지요?"

"……."

"그런 예감이 듭니다. 그렇지요? 아바마마."

"아니다."

이신은 눈을 가늘게 뜨더니, 이내 툭 내뱉었다. "거짓말이시군요."

이청이 세자를 엄하게 노려보았다. "과인이 하는 말을 못 믿겠다는 게야?"

"예." 이신은 말했다. "사실 근정전에 있을 때부터 이상했습니다. 난데없이 소자의 속내를 꿰뚫어 보시지를 않나, 저 아이는 아니 된다 말씀하시지를 않나……. 소자는 그저 잠깐 쳐다보았을 뿐인데, 꽤 과민한 반응을 보이시더군요. 그 덕분에 깨달았습니다. 아바마마가 이러한 소자의 낌새를 한두 번 맡은 것이 아니시구나, 하고요."

"아니라 하였다. 과인이 무슨 이득이 있어 네게 거짓을 고한다는 말이냐."

반쯤 포기하는 기분으로 잡아뗐으나, 이신은 물론 귓등으로도 들어줄 생각이 없어 보였다.

"고맙습니다, 아바마마. 덕분에 제 마음에 더욱 확신이 생겼습니다."

이청은 무심코 허리춤의 검집에 손을 댔다. 자결하여 아예 이 대화 자체를 없던 것으로 만들어버릴까 진지하게 고민하고 있는데, 어느새 다가온 범통이 "전하" 하고 말을 걸어왔다.

"무슨 일인가."

"이층 누각의 높이만으로는 조망하는 데 다소 한계가 있습니다. 지붕 위로 올라간다면 더 먼 구역까지 훤히 볼 수 있을 듯한데, 그리해도 되겠습니까?"

"좋다. 허나 기둥이 매끄럽고 높아 오르기 쉽지 않을 텐데, 누가 올라갈 텐가?"

"소관이나 불곰은 무겁기에 지붕 기와를 밟다가 소음을 일으킬 우려가 있습니다. 하여 몸이 가벼운 곶감이를 올려보내겠습니다."

이청이 고개를 끄덕였고, 곧이어 곶감이 지붕 위로 오를 채비를 했다. 그녀는 적당한 기둥을 골라 손으로 툭툭 쳐보더니, 단검을 여러 개 꺼내 일정한 간격을 두고 기둥에다 하나씩 박아 넣었다. 이후 그것을 발판 삼아 기둥을 한 계단, 한 계단 차근차근 오르기 시작했다. 그렇게 기둥 끝까지 올라간 곶감은 이윽고 처마 위로 유연하게 넘어가 모습을 훌쩍 감추었다.

세자는 기둥에 박힌 단검을 멀뚱멀뚱 바라보다가, 곧 이청에게 말했다.

"소자도 올라가겠습니다."

"아니 된다!"

이청은 저도 모르게 목소리를 높였다가 도로 줄였다.

"한 명으로 족하다. 너는 돌아가 네 구역이나 주시하거라."

"저 아이는 궐을 잘 모르지 않습니까. 혹여 범을 발견했다 해도 전각의 명칭을 몰라 잘못 보고할 우려도 있습니다. 그리고 하나보다는 둘이서 구역을 나누어 탐색하는 것이 더 효율적일 테고요."

이신은 이어서 이청에게만 들리게끔 조용히 말했다.

"결코 사사로운 감정 때문이 아닙니다. 오직 범을 찾아낼 가능성을 높여 종묘사직을 보전키 위함이니, 부디 따라 올라가게 해주십시오."

이청은 입에 발린 말임을 알았으나, 끝내 만류하기를 단념했다. 눈빛이 단호한 것으로 보아 말린다고 쉬이 들어먹을 것 같지 않았기 때문이었다. 게다가 나름 합리적인 제안이기도 했으므로 말릴 명분도 없었다.

"탐색만 하거라." 이청이 당부했다. "정숙하게 탐색만. 알겠느냐?"

"잘 알겠습니다, 아바마마."

이신은 이청에게 고개를 꾸벅 숙이자마자 기둥을 타고 위로 허겁지겁 단숨에 올라가버렸다. 중간에 이청이 변심이라도 할까

봐 조마조마했던 모양이었다.

그 후, 이청은 다시 제자리로 돌아가려는 범통을 불러세웠다.

"저 곶감이라는 아이는……."

이청은 먼 산을 내다보며 말했다.

"다른 무기를 들게 하는 게 어떻겠느냐?"

"예?" 범통이 당혹해하며 말했다. "혹 그러길 원하시는 연유라도……."

"연유가 있어서라기보다는, 그 왜, 무기가 다양하면 더 효과적으로 사냥할 수 있지 않겠는가. 갑사이니만큼 활이 아닌 무기들도 능숙히 다룰 터인데."

"송구하오나 전하, 범 사냥에는 활과 덫이 기본이며, 저 아이는 그중에서도 활을 가장 잘 다루는 착호군의 핵심 인력입니다. 실제로도 근정전에서 유일하게 범을 쏴 맞히지 않았습니까. 부디 재고하여 주십시오."

"……알았네."

이청은 깔끔하게 물러났다. 솔직히 스스로도 억지스러운 제안이라고 생각했기 때문이었다. 그 대신 질문을 이어나갔다.

"저 아이, 나이는?"

범통은 적잖이 의아해하는 눈치였으나, 곧 군말 없이 대답해 주었다.

"확실치는 않습니다만, 약관 즈음일 것으로 사료됩니다."

"나이도 모르다니. 둘이 별로 친하지 않은가 보군."

"그것이 아니오라, 곶감이는 제 나이도 모를 정도로 어릴 적에 부모를 여의었습니다. 하여 곶감이 자신도 본인이 살아온 햇수를 정확히 알지 못합니다."

"고아란 말인가?"

"예."

"부모는 어쩌다 잃게 되었는고."

"호환을 당했다 합니다."

"……."

"그렇게 혈혈단신이 된 이래 팔도를 떠돌며 식모살이를 전전하던 중, 우연히 활을 잡게 되었고, 곧 뛰어난 재능을 보여 착호군으로 발탁된 아이입니다."

경회루 지붕 위.

처마 위로 다리를 걸치려다 헛디뎌 떨어질 뻔한 것을 가까스로 추스르고 올라온 이신은, 곧 일어나 옷에 묻은 먼지를 탈탈 털면서 주위를 두리번거렸다. 곶감은 용마루의 한쪽 끝에 고양이 같은 자세로 아슬아슬하게 앉아 후원 방면을 건너다보고 있었다.

이신은 곧 그 곁으로 다가갔다. 곶감은 그를 보더니, 고개만 한번 끄덕거려주고 나서 도로 탐색에 몰두했다. 그렇게 둘은 한동안 말없이 탐색만 했다.

잠시 후, 세자가 먼저 침묵을 깼다.

"근데 넌 이름이 어떻게 되느냐?"

"곶감입니다."

"아니, 별칭 말고. 네 진짜 이름 말이다."

"그게 왜 궁금하신데요?"

"너한테 반했으니까."

"……."

곶감은 천천히 고개를 돌려 이신을 똑바로 바라보았다. 거의 노려보는 것에 가까웠다. 그러자 이신이 횡설수설하는 투로 말했다.

"아니, 어쩌면 오늘 여기서 죽을지도 모르는 일 아니냐. 그 전에 고백은 해놓아야 한 맺힌 귀신 꼴이라도 면하겠다 싶어서."

곶감은 다시 후원 쪽으로 고개를 돌려버렸다.

"아무나 좋으니까 고백이나 해보고 죽자는 심보입니까?"

"아무나가 아니다. 너한테 반했다고 하지 않았느냐. 그것도 첫눈에."

"사내가 여인에게 첫눈에 반할 땐……." 곶감이 도도한 투로 말했다. "마음에도 없이 외모에 끌렸을 때뿐이라고 알고 있는데요."

이신은 빙긋 웃었다. "자신감 있는 모습이 보기 좋구나."

곶감은 헛기침했다. "아무튼 전 저하께 관심 없습니다."

"……그러냐? 그럼 네가 관심 있는 사내는 어떤 유형인데?"

"생각해본 적은 없지만, 적어도 온실 속 화초처럼 곱게 자란

도련님들은 사절이지요."

"그것참!" 세자가 무릎을 탁 쳤다. "나랑 똑같구나! 나도 온실 속 화초 같은 인간들 아주 칠색 팔색을 한다."

"자기혐오가 심하시겠네요."

"무슨 소릴. 내 이래 뵈도 화초는커녕 아주 잡초가 다 되었다. 2년 동안 홀로 무전여행을 다니며 잘 곳 쌀 곳 가리지 않았고, 내가 쓸 돈 내 품 팔아가며 벌다 보니 양손에 돌바닥 같은 군은살도 잔뜩 얻었지 뭐냐."

곶감이 이신을 보며 코웃음을 쳤다. "일국의 세자저하께서, 홀로 무전여행을요?"

"그렇대도. 못 믿는구나?"

"예. 못 믿겠습니다."

"잡아보아라."

이신이 악수라도 청하듯 손을 내밀었다.

"사실인지 아닌지 직접 확인해보라고. 놀라울 만큼 딱딱할 것이니."

곶감은 그 손을 물끄러미 내려다보더니, 이내 시선을 치웠다.

"싫습니다. 제가 군이 왜 확인해야 합니까?"

"방금 코웃음 치며 날 무시하지 않았느냐. 내 무시당하고는 못 사는 성격이니 어서 확인해보아라."

"아, 싫다고요."

"아, 잡아보라니까?"

이신이 재촉하며 손을 더 들이대자 곶감이 몸을 뒤로 피했다. 그러나 그 과정에서 곶감이 금이 간 기와에 발을 헛디디는 바람에 몸이 크게 기울었다. 그대로 넘어질 뻔했으나 이신이 그녀의 손을 가까스로 붙잡아 위기를 모면했다. 둘은 그 상태로 잠시 멈춰 있다가, 허둥지둥 자세를 추스른 다음 불에라도 댄 듯 서로 맞잡은 손을 후딱 놓았다. 잠시 강렬한 침묵이 내려앉았다.

이윽고 세자가 말했다. "가, 강요해서 미안하다."

"아뇨……." 곶감이 다소 빨개진 얼굴로 대답했다. "뭐, 말랑하진 않으시네요. 손이."

경회루 2층 누각.

별안간 지붕 위에서 티격태격하는 듯한 소리가 들렸다. 이청은 난간 밖으로 고개를 내밀어 위를 올려다보았다. 처마에 가려 보이지는 않았으나 소리는 분명 나고 있었다. 좀 더 자세히 듣고 싶어 목을 쭉 빼는데, 느닷없이 처마 끝에서 깨진 기와 한 장이 떨어졌다. 꼼짝없이 맞겠다 싶은 찰나, 커다란 손 하나가 튀어나와 기와를 덥석 잡았다. 옆을 보니 불곰이었다. 덕분에 화를 면한 이청은, 곧 처마 위를 삿대질해대며 작게 줄인 목소리로 노발대발했다.

"거기서 뭣들 하는 게냐!"

잠시 후, 지붕 끝에서 이신이 얼굴을 빼꼼 내밀었다.

"아, 아바마마. 괜찮으십니까?"

"이것들이 하라는 탐색은 안 하고……!"

그때 불곰의 손이 또 한 번 이청의 얼굴 앞으로 불쑥 튀어나왔다. 이청은 또 뭐가 떨어지려나 싶어 눈을 질끈 감았으나, 그게 아니었다. 불곰은 손으로 어딘가를 가리키고 있었다.

"……전하."

범통 역시 그곳을 보며 말했다.

"범입니다."

이청은 자세를 고쳐 똑바로 선 후, 불곰이 가리키는 방향을 바라보았다. 그리고 저도 모르게 숨을 꾹 참았다. 경회루에서 그리 멀리 떨어지지 않은 전각의 지붕 위에 범이 있었다. 한쪽 다리를 약간 절었고, 곶감이 맞혔던 화살도 여전히 박힌 채였다.

범은 큼직한 네 발로 기와를 까득까득 부수며 잠시 지붕 위를 거닐다가, 머지않아 전각 밑으로 내려가 몸을 둥그렇게 말고 모로 누웠다. 이어서 둔부에 박힌 화살을 입으로 물더니, 그대로 고개를 홱 돌려 직접 뽑아냈다.

이후부터는 상처 부위를 연신 핥아대기만 할 뿐, 별다른 움직임을 보이지 않았다. 아마도 당분간은 그곳에서 쉬어갈 모양인 듯했다. 또한 이청 일행의 염탐을 눈치채지 못했는지 경회루 쪽으로는 눈길도 주지 않았다.

곧이어 곶감과 이신이 기둥을 타고 나란히 내려왔다.

"아바마마." 이신이 말했다. "자미당*입니다."

"그래……. 제법 근처에 있었구나."

이청은 고개를 설설 끄덕이다가, 곧 자미당까지 가는 길을 눈으로 가늠해보았다. 직선거리로만 따지면 반 마장**도 되지 않을 만큼 가까웠지만, 중궁전의 전역이 창귀들로 뒤덮인 터라 뚫고 가기가 아예 불가능해 보였다. 그 와중에 기이하게도 범이 쉬고 있는 자미당 일대에만 창귀가 하나도 없었는데, 마치 다들 일부러 범을 피하는 듯한 모양새였다.

"길목마다 창귀가 너무 많아요." 이신이 혀를 내둘렀다. "남하하던 세력이 화롯불에 막혀 중궁전과 강녕전 일대로 고여버린 모양입니다. 이래서는 쥐 새끼 한 마리 들어가기도 힘들겠는데요."

"저쪽 길은 어떻습니까?"

범통이 함원전으로 통하는 서쪽 길목을 가리키며 말했다.

"비교적 창귀들의 수가 적어 초입으로 삼기 좋을 듯합니다."

이청은 그곳으로부터 시작되는 교태전의 뒷길을 죽 훑어보았다. 최단 경로였고, 교태전의 앞마당보다 창귀의 수가 적었으며 또 길이 좁아 둘러싸일 위험성도 낮아 보였다.

이청은 고개를 끄덕거린 다음, 한 명 한 명 모두와 눈을 마주쳤다. 이어서 검을 소리 나지 않게 빼 들었고, 일행들도 모두 활을 등에 메어놓고 검을 뽑았다. 그 후 다 함께 1층으로 내려갔다.

---

*   중궁 영역의 동쪽에 위치한 교태전의 부속 침전.
**   전통적인 길이 단위 중 하나. 한 마장에 약 393미터.

1층 기단 주변에는 여전히 아무도 없었다. 일행은 곧 경회루를 벗어나 길가로 진입한 다음, 신속히 북쪽 방면으로 올라갔다. 멀리서 창귀 몇 마리가 낌새를 알아채고 일행이 있는 쪽으로 방향을 트는 모습이 보였으나, 일행은 그전에 먼저 함원전으로 통하는 좌측 통로로 돌아 들어가 창귀들의 시야에서 벗어났다.

중궁전 영역에 진입한 이후로는 걸음의 속도를 많이 늦춰야 했다. 경회루의 누각에서 보았을 때보다 창귀의 수가 좀 더 불어나 있었다. 그나마 주위가 어두워서 눈에 띌 염려는 적었으나, 발소리를 조금이라도 냈다가는 꼼짝없이 둘러싸일 판국이었다.

일행은 절로 숨을 죽인 채 까치발을 들고 종종걸음을 쳤다. 그렇게 함원전을 지나 교태전의 뒷마당으로 막 진입하고 난 후, 이청은 일단 참았던 숨을 소리 없이 내뱉었다. 그러자 근처에 있던 창귀들 여럿이 이청 쪽으로 고개를 정확히 돌리더니, 이윽고 울음소리를 신경질적으로 높이기 시작했다. 이청은 그제야 자신이 크게 실수했음을 깨달았다.

"아니, 왜?" 이신이 다급히 말했다. "아무 소리도 안 냈는데……."

"……냄새다."

이청은 뒤늦게나마 본인이 창귀가 되었을 당시의 감각을 떠올렸다.

"창귀들은 후각이 예민하여 냄새로도 낌새를 알아챌 수 있다."

애귀들이 다가오면서 울음소리를 더욱 높였고, 이내 그 소리를 들은 노귀들까지 교태전 뒷마당으로 하나둘씩 뛰어오기 시작했다.

"마, 망했습니다." 이신의 목소리가 울렁거렸다. "이제 어쩝니까?"

"홰를 들어 불을 붙여라!"

일행은 미리 챙겨온 굵직한 나무 막대기를 꺼냈다. 기름칠한 헝겊 부분에 불을 붙이자 금새 불길이 활활 타올랐다. 그렇게 다섯 명 모두 횃불을 들고 다가오는 창귀를 향해 휘둘렀다. 그러나 화롯불만큼 화력이 강하지 않아 창귀들을 떨어뜨리는 데 한계가 있었다.

창귀들은 마치 싸움 구경이라도 하듯 원을 그리며 일행을 빼곡히 둘러쌌다. 다들 갈증이 잔뜩 쌓였는지 침을 질질 흘렸고, 불길이 옅어지는 즉시 당장이라도 달려들 기세였다. 그러나 그새를 못 참고 노귀 하나가 몸을 숙여 횃불을 피해 달려들었다. 곧이어 이청이 발목을 물렸고, 그의 비명을 신호로 사방팔방에서 창귀가 봇물 터지듯 쏟아졌다. 맨 앞에 있는 창귀들이 불 때문에 주춤거려도 뒤에 있는 창귀들이 미는 바람에 속수무책이었다.

일행 모두 인파 속에 순식간에 갇혀버렸다. 창귀들은 곧 일행의 사지를 게걸스레 탐하기 시작했고, 이청은 창귀로 변하기도 전에 물어뜯긴 목이 먼저 떨어져 나가면서 숨을 거뒀다.

11

"활 잘 쏘던데?" 이신이 말했다.

"저하도 잘 쏘시던데요." 곶감이 사무적으로 답했다.

"네가 나보다 나았다. 난 못 맞혔지만 넌 범을⋯⋯."

"세자."

이청이 대화를 끊자, 둘이 동시에 그를 쳐다보았다.

"가서 내금위장을 불러오거라. 사정전 근처에 있을 것이다."

이청은 이어서 궐내의 방위를 내금위장에게 일임한 후, 일행들과 함께 사정전 영역의 북서쪽 통로 앞에 도착했다. 나가자마자 경회루로 이어지는 위치였다.

"범이 자미당에 있다."

이청은 면면을 둘러보며 말했다.

"범을 잡으러 지금부터 그곳으로 향할 것이다. 거리는 가까우나 곳곳에 도사리는 창귀가 많다. 하여 지금부터 모두, 한 치의 어긋남도 없이 과인이 지시하는 대로만 행하여야 한다. 알겠느냐?"

모두가 고개를 끄덕였고, 이청은 곧 일행과 함께 통로 밖으로 조용히 나섰다.

일행은 먼저 초입에 있는 창귀들을 조용히 처리한 후 경회루의 기단에 도착했다. 이청은 갑사들에게 지시해 방금 죽인 창귀의 시체를 끌고 오게 했다. 그리고 그것들을 가지고 2층 누각으로 올라갔다.

"이 시체들로 뭘 어쩌실 생각이십니까?" 이신이 물었다.

이청은 거두절미하고 명했다. "모두, 창귀의 피를 온몸에 바르거라."

"……예?"

이청은 곧 창귀의 팔 한쪽을 잘라내, 절단된 부위에서 나오는 피를 옷에 치덕치덕 발랐다.

"창귀인 것처럼 냄새를 위장해야 발각될 위험을 낮출 수 있다. 다들 보고 있지만 말고 어서."

일행은 주상전하의 기괴망측한 행위에 당황해 서로의 눈치만 보다가, 머지않아 쭈뼛쭈뼛 그를 따라하기 시작했다.

"이게 효과가 있었습니까?" 이신이 물었다.

"없었다면 이 짓을 하라 하였겠느냐. 숱한 시행착오를 거쳐 알아낸 방법이니 믿어도 좋다."

이신은 분이라도 바르듯 피를 볼에 톡톡 치대더니, 이어서 물었다.

"참고로 이제 피아리수의 꽃은 몇 개가 남았습니까?"

"딱 쉰 개 남았다."

피칠갑을 마친 일행은 다시 1층으로 내려가 경회루를 벗어났다. 그 후 흠경각으로 이어지는 통로로 들어가 벽에 등을 기대고 섰다.

"여기서부터는……." 이청이 모두에게 속삭였다. "거북이보다도 느리게 걸어야 하고, 소리도 내어서는 아니 되고, 숨은 죽지 않을 만큼만 얕게 쉬어야 한다. 과인의 등만 보며 따라오되, 지시가 있기 전까지는 공격도 절대 금물이다."

이윽고 이청이 앞장섰고, 다들 그 뒤를 새끼 오리들처럼 일렬로 바짝 따라붙었다.

일행은 우선 흠경각에서 북쪽으로 바로 붙은 함원전으로 천천히 이동했다. 가는 길에 창귀들을 대여섯 마주치자, 이청이 손을 들어 모두를 멈춰 세웠다. 창귀들은 흐느끼면서 점점 곁으로 걸어왔다. 마침내 넘어지면 코 닿을 거리까지 다가왔으나, 창귀들은 끝내 일행의 낌새를 알아채지 못하고 옆을 무심히 지나쳐갔다. 곧 이청이 손을 앞으로 저었고, 일행은 다시 전진했다.

한동안 지지부진한 잠행이 이어졌다. 얼마 후 일행은 이청의 지시로 아미산의 화원 속으로 숨었고, 이청이 멀리 돌을 던져 가까이에 있던 노귀들 몇 명을 멀찌감치 떨어뜨렸다. 계속해서 대비전의 뒤뜰을 빙 돌아 자미당으로 통하는 동쪽 입구로 이동했다. 여태 지나온 길 중 창귀가 가장 많이 밀집한 구간이었다. 안그래도 이동 속도가 느린데, 여기서부터는 애벌레만도 못하게 더욱 찔끔찔끔 나아가야 했다.

그렇게 겨우 자미당의 입구 근처에 도착해 모퉁이 뒤로 몸을 숨겼다. 입구의 한가운데에 창귀가 몇 마리 버티고 서 있었다. 이청이 그것들을 가리키며 활로 창귀들의 목을 꿰뚫으라 지시했다. 곧 목이 뚫린 창귀들은 숨이 끊어지지는 않았으나 목소리를 내지 못하게 되었다. 그 사이에 일행은 자객처럼 신속하게 다가가 창귀들의 목을 베어냈다.

여기까지 해내는 데에만 장장 이각에 가까운 시간이 소모되었다. 입구에 도착한 이후에도 이청은 사방을 예의 주시했다. 신경을 최대한 집중하여 주위를 둘러본 결과, 창귀들은 더 이상 눈에 띄지 않았다. 경회루의 2층 누각에서 보았던 대로, 자미당을 둘러싼 마당은 텅 비어 있었다.

이청은 쉰 목소리로 혼잣말을 뱉었다.

"……드디어."

장시간 이어진 긴장 탓에 온몸이 땀으로 흥건했다. 용케 잘 따라와준 일행들을 살펴보니, 하나같이 진이 빠진 모습이었고 얼굴에 발랐던 피도 줄줄 흘린 땀으로 대부분 지워져 있었다.

이신이 얼굴의 피와 땀을 훔치며 물었다.

"여기서부터는 어찌하면 됩니까?"

"모른다." 이청은 대답했다. "여기까지 도달한 것은 이번이 처음이다."

"……."

이청은 일행과 함께 담벼락에 등만 기대어 짤막하게나마 휴식을 취한 후, 이윽고 활을 꺼내 들었다.

"곧 소나기가 내릴 터이니 서둘러야 한다. 경회루에서 본 대로라면, 범은 들어가자마자 자미당 전각의 왼편에 있을 것이다."

"이각 가까이 흘렀습니다." 이신이 활을 꺼내며 말했다. "이미 다른 곳으로 떠났을 가능성도 있지 않겠습니까?"

"그러지 않기를 바라야지."

우선 이청은 마당 안으로 들어가지는 않고, 입구의 담벼락 옆으로 고개만 슬쩍 내밀어 안을 살폈다. 그러나 있어야 할 자리에 범의 모습은 보이지 않았다. 이청은 이윽고 일행들에게 손짓한 후, 함께 마당 안으로 조용히 들어섰다.

이청은 땅을 즈려밟듯 조용조용 걸으며 주위를 살폈다. 마당은 약 오십 명가량이 거리를 넉넉히 벌리고 도열할 수 있을 만큼 넓었다. 아무도 없었고, 아무런 소리도 나지 않았다. 마당을 둘러싼 담이 마치 소음을 흡수라도 한 듯 풀벌레 소리 하나 없이 고요했다. 일행은 각자 거리를 띄운 후, 자미당 전각을 중심으로 마당을 한 바퀴 빙 돌았다. 그러나 범의 모습은 눈에 띄지 않았다.

이신이 허탈해하며 말했다.

"역시 이곳을 떠난 모양입니다. 힘들여 도착하였는데 공연히 시간만 낭비……."

갑자기 자미당의 정문이 벌컥 열리며 범이 튀어나왔다. 범은 더 볼 것도 없다는 듯 곶감에게로 곧장 달려들더니, 그녀를 냉큼 물어가버렸다.

이청은 잠시 멍하니 굳었다. 워낙 순식간에 벌어진 광경이라 머리가 눈을 따라가지 못하다가, 뒤늦게야 부랴부랴 화살을 장전했다. 그를 비롯한 일행 모두가 범에게 활을 쏘기 시작했다. 그러나 범은 물고 있던 곶감을 방패로 써서 화살을 받아내거나 직접 피했다.

범은 곧 곶감의 목덜미를 우드득 소리가 날 만큼 꽉 깨물더니, 고개를 홱 돌려 그녀를 멀리 내동댕이쳤다. 곶감은 벽에 부딪혀 쓰러졌다가, 금세 창귀로 변해 자리에서 벌떡 일어났다. 그녀는 주위를 미친 듯이 두리번거리다가 가장 가까이에 있는 이신을 향해 달려들었다. 한편 이신은 딱딱하게 굳은 얼굴로, 다가오는 곶감을 속절없이 쳐다만 보았다.

"베어라!" 이청이 이신을 향해 말했다. "아니하면 너까지 죽는다!"

그러나 이신은 뒷걸음질이나 치는 것이 전부였다. 이청은 극도의 답답함을 느끼며 목청을 높였다.

"아비인 나는 잘만 베던 너였다! 그런데 오늘 처음 알게 된 아이 하나 베지 못해?"

이청의 말이 귀에 들어갔는지는 모르겠으나, 이신은 곧 활을 버리고 검을 뽑아 들었다. 그러나 여전히 휘두를 마음은 없어 보였고, 그사이 곶감이 몸을 던져 그를 덮쳤다. 그녀는 두 팔로는 이신의 목덜미를, 두 다리로는 허리를 꽉 조여 안았다.

"……세자!"

그대로 꼼짝없이 물릴 줄 알았는데, 이신은 아직 한 손으로 겨우 곶감의 얼굴을 밀어내며 버티는 중이었다. 그의 손가락 사이로 시뻘겋게 충혈된 곶감의 눈이 보였다.

한편 범통과 불곰은 한창 범을 상대하는 중이었다. 뜻밖에도 호각이었다. 불곰이 범의 등 위로 올라타 뒤에서 목을 조르는 동안, 범통이 활로 범을 쏴 맞혔다. 그러나 불곰은 얼마 안 가 범의 앞발에 크게 긁혀 나가떨어졌고, 뒤이어 범통도 일촉즉발로 습격당할 위기에 처했다. 다만 범의 상태가 심상치 않아 보였다. 복부에 활을 맞아 움직임이 상당히 둔해졌는데, 비틀거리기까지 하는 꼴을 보니 중상을 입은 것이 틀림없었다.

범을 해치울 절호의 기회였다.

그러나 이청은 범통과 합세하지 않고, 끝내 이신이 있는 곳으로 달려갔다.

이청은 이신의 앞에 서서 잠시 꾸물거렸다. 검을 높이 치켜들기는 했으나, 곶감이 이신과 너무 딱 달라붙은 데다 움직임도 격한 탓에 섣불리 휘두를 수가 없었다.

"신아, 뿌리쳐야 한다!"

이청이 부르짖자, 이신이 눈알만 겨우 굴려 그를 쳐다보았다.

"아직……." 목소리가 울먹거렸다. "아직 온기가……."

마침내 곶감이 이신의 목덜미를 물었다. 이신이 비명을 지르며 쓰러졌고, 곶감은 그의 피를 듬뿍 빨아먹은 다음 이어서 이청을 쳐다보았다. 이청은 즉시 곶감의 목을 쳤다. 떨어진 곶감의 머리는 바닥을 천천히 구르더니, 이제 막 창귀가 되어 눈을 뜬 이신의 눈앞에서 멈췄다.

이청은 흐느끼기 시작하는 아들의 목소리를 멍하니 듣다가, 고개를 돌려 범을 쳐다보았다. 범은 범통을 여차여차 물리치기는 했으나 배에서 피를 콸콸 쏟으며 거의 죽기만을 기다리는 중이었다. 이청은 그대로 활을 들어 범의 머리를 조준했다가, 이내 단념하고 내려놓았다. 대신에 검을 바닥에 사선으로 내리꽂고는 그 위에 목을 대어 자결했다.

12

"범은 자미당 안에 숨어 있다."

이청이 자미당 영역의 입구 앞에서 말했다.

"우리가 전각 가까이 다가가면 정문에서 갑작스레 튀어나올 것이니, 미리 조준하였다가 문이 열리는 즉시 화살을 퍼부어야 한다."

일행은 천천히 마당 안으로 진입한 후, 일렬로 나란히 서서 자미당 전각의 정문을 일제히 조준했다. 그러나 아무리 기다려도 범은 나오지 않았다.

"범이 정말 이 안에 있는 게 맞습니까?" 이신이 말했다. "아니면 직접 들어가서 확인……."

갑자기 정문 옆의 창문이 와장창 깨지며 범이 튀어나왔다. 범은 다른 쪽은 쳐다도 안 보고 곧장 곶감에게로 달려들어 그녀부터 물었다.

　창귀로 변한 곳감은 직전 날과 마찬가지로 또 곁에 있던 이신에게 달려들었다. 이신 역시 직전 날과 마찬가지로, 덮쳐오는 곳감을 쳐다만 보다가 속절없이 물려버렸다.

　"……신아!"

13

"범은 자미당 안에 숨어 있다."

이청이 자미당 영역의 입구 앞에서 말했다.

"우리가 전각 가까이 다가가면 정문 혹은 창문에서 갑작스레 튀어나올 것이니, 그 두 군데로 나누어 미리 조준하였다가 문이 열리는 즉시 화살을 퍼부어야 한다. 아, 그리고⋯⋯."

이청은 곶감에게 특별히 당부했다.

"활에 맞은 기억 때문인지 모르겠으나, 범은 나오는 즉시 너부터 공격하더구나."

"⋯⋯."

정작 곶감은 신경도 안 쓰는 눈치인 반면, 이신이 유독 곶감을 걱정스레 쳐다보았다. 이청은 계속해서 곶감에게 말했다.

"그러니 넌 자미당에서 최대한 멀리 떨어진 곳에 자리를 잡거라.”

일행은 천천히 마당 안으로 진입했다. 일행은 일렬로 나란히 서서 자미당 전각의 정문을 일제히 조준했고, 곶감은 마당의 출구 쪽에 멀찌감치 서서 활시위를 당겼다. 그런데 범은 아무리 기다려도 나오지 않았다.

“범이 이 안에 있는 게 확실합니까?”

이신이 따지듯이 물었다. 그는 자미당의 정문보다도 곶감이 있는 쪽을 흘끔거리기 바빴다.

“아니면 직접 들어가서 확인…….”

갑자기 자미당의 뒤편에서 문이 쾅 열리는 소리가 났다.

“……후문이다!”

이신이 그렇게 외치자마자 곶감이 있는 곳을 향해 내달렸다. 말마따나 범은 전각의 뒷마당으로 돌아 나와 가속도를 붙여서 곶감을 향해 돌진했다. 그동안 곶감이 한 발 쏘기는 했으나 범이 휘두른 앞발톱에 막혔고, 이어서 곶감은 몸을 피하기도 전에 범에게 습격당했다. 창귀로 변한 곶감은 손쓸 새도 없이 또 이신에게 달려들었고, 이신 역시 어김없이 그녀에게 물려버렸다.

이청은 욕지거리와 함께 활을 내동댕이친 후, 검을 뽑아 땅에 꽂았다.

14

"범은 자미당 안에 숨어 있다."

이청이 자미당 영역의 입구 앞에서 말했다.

"그러나 전각의 어느 문에서 튀어나올지 모른다. 아마 우리가 진을 치는 형국을 보고 그에 맞춰 응수하는 듯하였다. 하여 범의 무작위적인 등장에 유연히 대처할 수 있게끔 각자 최대한으로 거리를 벌려야 한다."

그후 이청은 각각의 위치를 지정해주었다. 사실 전술적인 의미는 별로 없었고, 그냥 이신과 곶감을 멀리 떨어뜨려 놓기 위한 구실에 불과했다. 그렇게 이청은 이신을 제일 앞에 세우고 곶감을 제일 뒤에 세운 후, 천천히 마당 안으로 진입했다.

안으로 들어가고 나서도 이청은 이신과 곶감 사이의 거리가 충분히 벌려졌는지 아닌지만 신경 썼다. 도중에 이신이 전각을 한 바퀴 빙 도는 척하면서 곳감에게 다가가려는 것을 알아채고 떼어내기까지 했다. 그런 식으로 둘의 거리를 단숨에 좁히기 힘들 만큼 벌리고 나서야, 이청은 곧 모두에게 전각을 향해 조준할 것을 명했다.

일행은 정문과 후문, 대창과 쪽창 할 것 없이 전각에 달린 모든 구멍이란 구멍에 다 활시위를 들이댔다. 어찌 보면 전력을 분산시켜 범에게 빠져나갈 여지만 더 넓혀주게 된 꼴이었지만, 어차피 이청의 최우선 목표는 세자의 안전이었으므로 눈 딱 감고 속행했다.

머지않아 범이 모습을 나타냈다. 이번에는 맨 처음과 마찬가지로 정문에서 뛰쳐나왔는데, 아니나 다를까 곳감을 찾자마자 그녀를 향해 득달같이 내달렸다. 뒤이어 이신이 곳감에게로 뛰어갔으나 거리가 턱없이 멀었고, 중간에는 이청도 있었다. 곳감이 범에게 물리는 동안 이청은 이신을 온몸으로 막아 세웠다.

이청은 목적을 달성한 데 대한 성취감을 느끼며, 이어서 범에게 주의를 돌렸다. 악전고투 중인 범통과 불곰을 도와 범을 공격하려는데, 돌연 뭔가가 그의 코앞으로 쌩하니 지나갔다.

눈으로 얼른 좇아보니, 창귀로 변한 곳감이었다. 기가 막히게도 그녀는 더 가까이에 있던 범통, 불곰, 이청 모두를 싸그리 무시하고 오직 이신을 향해 달려들었다. 범의 최우선 목표가 곳감이었던 것처럼, 창귀가 된 곳감 역시 마치 이신을 일 순위로 점찍은 듯 보였다.

이청은 뒤늦게 검을 뽑아 막아내려 했으나 이신이 그새 물리고 난 뒤였다.

"왜!"

이청은 이신을 쓰러뜨린 채 그의 피를 쭉쭉 빨아먹는 곶감을 내려다보며 악을 질렀다.

"대체 왜 신이한테만 이러느냔 말이다!"

곶감은 시끄럽다는 듯 이청을 슥 째려보았고, 대답 대신 그를 넊쳤다.

15

"곶감이라 하였지."

이청은 자미당 영역의 입구 앞에서 곶감에게 말했다.

"넌 들어오지 말고 여기서 대기하거라."

곶감은 예상치 못한 지시에 눈을 끔뻑거리기는 했으나, 이내 순순히 고개를 숙였다. 그러자 이신이 심히 미심쩍다는 얼굴로 물었다.

"그리 명하시는 연유가 무엇입니까?"

"이 아일 위험에 빠뜨리고자 함이 아니니 걱정 말아라."

이후 곶감을 빼고 넷이서만 마당 안으로 들어갔다. 이어서 각자 거리를 벌려 자미당의 출입구와 창문 등을 활로 겨누었다.

머지않아 범은 이청이 노리고 있던 창문을 깨고 튀어나왔다. 한 발 쏘았으나 범은 그것을 가볍게 쳐내더니, 가장 가까이에 있던 이청을 무시하고 다른 곳으로 달려갔다. 설마 또 곶감이 있는 곳으로 가려나 싶었는데 그쪽이 아니었다. 범은 넷 중에서 가장 멀리 있는데도 불구하고 굳이 이신을 향해 전력 질주해 그를 덮쳤다. 곶감이 있을 때는 곶감을 가장 먼저 노렸던 것처럼, 이번에는 이신을 최우선 목표로 삼은 듯 보였다.

"……대체 왜?"

이청은 망연자실하다가 문득 깨달았다.

"혹시 세자가, 곶감이 다음으로 활을 잘 쏘기에?"

범은 이신을 잡자마자 곧바로 수세에 몰렸다. 중간에 곶감이 어명을 어기고 합류한 덕분이었다.

창귀로 변한 이신은 범통이 막았고, 불곰이 목덜미를 물려가며 살신성인으로 범을 잡아두는 동안, 곶감이 범의 몸 곳곳에 화살을 몇 발이고 연달아 맞추었다. 이내 창귀로 변한 불곰이 곶감에게 달려드는 바람에 공격이 중단되기는 했으나, 범은 쓰러져 더 이상 움직이지 못했다. 숨만 간신히 붙어 있을 뿐, 사실상 잡힌 것이나 다름없는 상태였다.

"……전하!"

범통이 이청을 향해 소리쳤다. 그는 충분히 할 수 있었음에도 이신의 목을 베지 않았고, 그저 자신이 물리지 않게끔 막고만 있었다.

"전하께서 매듭을 지어주십시오."

세자의 목을 베어달라는 의미였다. 그 후 남은 위기를 수습하여, 바로 '이날'에 범의 죽음을 확정 짓자는 의미였다.

"……."

이청은 고개를 저었다. 그렇게 연거푸 고개만 젓다가, 이내 검을 뽑아 바닥에 꽂았다. 그리고 그 앞에 무릎을 꿇으며 말했다.

"세자가 죽은 채여서는, 매듭을 지을 수 없다."

16

이후, 이청은 이신을 아예 근정전에 남겨둔 채 착호갑사 삼인
방만 데리고 나갔다. 그러나 머릿수가 하나만 줄어도 범을 잡기
가 곱절은 더 어려워졌다. 곳감을 남겨두고 이신을 합류시켜보
아도 마찬가지였다. 네 명만으로는 범을 상대하는 데 한계가 있
었다.

범을 잡기 위해서는 곳감은 물론 이신까지 합세해야만 했는
데, 그 결과 이신은 반드시 죽었다. 몇 번이고 부활을 거듭하며
가능한 범위 내의 온갖 수단과 방법을 다 동원해봐도, 범을 해치
움과 동시에 이신까지 살리는 길은 끝끝내 찾아낼 수가 없었다.

하지만 영 내키지 않아 보류해둔 두 가지 방안이 아직 남아 있
었다. 더는 물러설 곳이 없었으므로, 이청은 일단 그중 첫 번째
방법부터 시도해보기로 했다. 바로 '세자를 설득하기'였다.

이청은 자미당 영역의 입구 앞에서, 세자만 따로 불러내어 말했다.

"경회루에 있을 때, 과인이 피아리수의 꽃이 얼마나 남았다 일러줬던 것을 기억하느냐?"

"예." 이신이 끄덕거렸다. "이제 스무 개도 안 남았다고 말씀해 주셨지요? 아마."

"그렇다. 허나 우리가 자미당에 처음 막 도착했을 때는, 쉰 개나 있었단다. 즉 이곳 자미당에서만 서른 개나 넘게 써버린 셈이야. 그런데도 아직 극복하지를 못하였구나."

이신이 기가 눌린 표정을 지었다. "이곳이 그렇게나 난관입니까?"

"그래. ……아니, 실은 난관이라 할 만큼 험난하지는 않다. 언제나 범을 반죽음으로 몰아넣는 데까지는 이르렀으니."

"그럼 무엇이 문제입니까?"

"너."

이청은 아들의 눈을 지그시 노려보았다.

"신이 네가, 죽는다."

이신의 얼굴에 더없는 무표정이 내려앉았다. 사색이 되었다기보다는, 사고 자체가 멈춰버린 듯해 보였다.

"과인의 힘만으로는, 도저히 네 죽음을 막을 수가 없더구나."

이청은 계속해서 말했다.

"네가 죽은 채로 매듭을 지으면, 어찌 되었든 범은 잡게 될 테지. 머지않아 원군도 도착할 것이고, 궐내의 창귀들도 차근차근 소탕하여 마침내 이 환난을 잠재울 수 있을 게다."

"그러니까 제가……." 이신이 마른 입술을 핥았다. "그러니까, 소자가 죽어야만 범을 잡을 수 있게 된다, 이 뜻입니까?"

"그게 아니다." 이청은 고개를 저었다. "네가 죽어야만 범이 잡히는 게 아니다. 그러지 않아도 범은 잡을 수가 있다. 그러나 네가, 자꾸만 스스로 죽는 길을 택하고야 만다."

"대체 무슨 뜻입니까?" 이신은 급기야 작게나마 화를 냈다. "제가 스스로 목숨을 끊기라도 한다는 말씀이세요?"

"……비슷하다."

"뜸 들이지 말고 직설적으로 말씀해주십시오. 제가 대체 뭘 어쨌기에 죽느냐고요!"

이청은 짐짓 착잡한 표정을 지으며, 멀찍이 떨어져서 대기 중인 착호갑사 삼인방 쪽을 흘끔 쳐다보았다. 물론 곶감도 거기에 있었다. 이청은 그쪽을 턱짓으로 가리키며 말했다.

"네가 죽는 이유는, 바로 저 아이 때문이다."

"……."

"범은 뛰쳐나오는 즉시 저 아이부터 공격하더구나. 아마 활을 가장 잘 쏘기 때문에 가장 먼저 해치우려는 모양인데, 어쨌거나 그것을 막을 방도는 없다. 이 말인즉슨 신이 네가 아니라 저 아이야말로 애당초 죽을 운명이라는 뜻이니라."

"죽어요?" 이신이 곶감을 바라보며 말했다. "저 아이도, 매번?"

그의 얼굴에 서렸던 초조함이 어느덧 눈 녹듯 사라졌다. 이청은 그 반응을 보고 설득 작전이 수포로 돌아갔음을 어렴풋이 직감했으나, 그래도 일단 밀어붙여보았다.

"그래. 저 아이는 죽는다. 단 한 번의 예외도 없었다. 그러나 넌 달라. 넌 충분히 살 수가 있어. 그런데도 항상 창귀가 되어 너에게로 달려드는 저 아이를 해치우지 못하여 쓸데없이 변을 당하게 돼. 이 어찌 허망한 죽음이라 하지 않을 수 있단 말이냐."

이신은 줄곧 곶감이 있는 쪽만 멀거니 응시했다. 그녀를 본다기보다는 생각에 깊이 잠긴 듯한 모습이었다.

"혹여라도 허튼 생각을 품고 있거든 냉큼 접거라."

이청은 애가 타는 심정으로 말을 이었다.

"넌 저 아이를 살리지 못한다. 신아, 내가 이미 서른 번도 넘게 겪고 와서 하는 말이니 틀림이 없다. 거듭 말한다만, 넌 절대로 저 아이를 살리지 못해."

"하지만……."

이신은 이청에게로 시선을 옮기며 말했다.

"이번엔 성공할 수도 있잖아요."

이청은 뺨이라도 세게 때려 정신을 차리게 만들고 싶은 마음을 꾹 참고, 조곤조곤 말했다.

"그래서, 또 기어코 개죽음당하는 길을 택하겠다는 말이냐?"

"개죽음이 아니라, 희생이지요."

"네가 죽어봤자 어차피 과인이 자결하여 되돌릴 것이다. 여태

127

껏 그래왔고."

이신의 얼굴이 굳어지자, 이청은 한풀 꺾이는 척하면서 말을
이었다.

"과인이라고 저 아이가 죽길 원해서 이러는 것이겠느냐? 모
두를 살릴 방도를 찾지 못한 과인의 부덕함이 그저 통탄스러
울 뿐이니라. 하여 이 아비가 염치를 무릅쓰고 간곡히 부탁하건
대……."

이청은 이신의 두 손을 끌어다 잡으며 간절한 투로 말했다.

"네 목숨을 우선하거라. 왕세자의 목숨에 만백성의 안위가 달
려 있음을 한시도 잊어서는 아니 될 것이야."

"……만백성의 안위라."

이신은 코웃음을 치더니, 이어 이청의 손을 뿌리치며 말했다.

"아바마마의 입에서 나올 만한 말은 아닌 것 같은데요."

"……뭐?"

"그토록 만백성의 안위를 생각하시는 분이, 범을 쓰러뜨려 환
란을 잠재울 기회가 서른 번 넘게 있었으면서도 다 팽개치고, 고
작 저 하나를 살리셨습니까?"

이청은 벌린 입을 그저 달싹이기만 했다. 말문이 막혀버린 사
이에, 이신이 덧붙였다.

"그럼 똑같이 만백성의 안위 따위 개나 줘버리고 고작 저 아이
하나 살렸으면 하는 소자의 마음, 아주 충분히 이해해주실 줄로
믿습니다."

"대체……." 겨우 말문이 트였다. "대체 저 아이에게 왜 그렇게까지 하려는 것이냐? 저깟 게 도대체 네 무엇이기에? 고작 오늘 처음, 그것도 만난 지 한 시진도 안 된 사이이지 않으냐. 하지만 과인에게 있어서 너는 둘도 없는 내 피붙이, 내 아들이다. 제 목숨보다도 소중한 아들을 살리고픈 아비의 마음과, 오늘 처음 보고 반한 여인을 살리고픈 풋내기의 마음을 어찌 같다 말하는가!"

중간부터 감정이 격해진 탓에 언성이 높아졌다. 이신 역시 지지 않고 목청을 높였다.

"같지 말란 법이 어디 있습니까? 제게는 저 아이를 알게 된 오늘이, 일평생 스무 해를 다 합쳐놓은 것만큼이나 귀하게 느껴집니다. 서역 속담 중에, 마음의 무게는 시간으로 측량할 수 없다는……."

"그놈의 서역 타령 좀 그만하지 못하겠느냐!"

"아바마마야말로 종묘사직 타령 좀 그만하십시오! 둘 중 하나만 선택하시라고요. 백성들입니까, 접니까?"

"둘 다!"

"……."

"그래서 지금 이렇게 너를 설득하고 있는 것이 아니더냐. 네가 쓸데없는 치기만 부리지 않는다면 만백성도 너도 모두를 살릴 수가 있는데, 내가 왜 굳이 둘 중 하나를 택해야 한단 말이야?"

"왜냐하면 전 무슨 한이 있더라도 반드시 저 아이와 붙어 있을 거니까요!"

거의 악을 버럭 지르는 수준이었고, 멀리 떨어져 있던 창귀들이 그 소리에 반응해 슬슬 울음소리를 높이기 시작했다. 어느새 범통이 다가와 말을 붙였다.

"말씀 중에 송구하오나, 창귀들이 눈치채기 시작했습니다. 성량을 낮추실 필요가……."

"더 이상 피아리수를 낭비하지 마십시오."

이신이 계속해서 이청에게 말했다.

"아바마마께서 아무리 저를 말려봤자, 저 아이가 위험에 처하면 저는 반드시 저 아이 곁으로 달려갈 겁니다. 그게 서른 번 넘게 반복되었다 하였으니 이번에도 틀림없이 그리되겠지요. 확신을 넘어 확실합니다. 그것이 정 꼴 보기가 싫다면 다음번엔 저를 제외하시든지, 저 아이를 제외하시든지 하십시오."

"글쎄 다 해보았다지 않으냐!"

"그럼 그냥 제 죽음을 받아들이세요!"

이청의 호통을 이신의 더 큰 외침이 덮어버렸다. 이신은 씩씩거리면서도, 결의에 가득 찬 눈으로 말했다.

"이게 제가 내린 선택입니다, 아바마마. 평생에 걸쳐 제 선택을 가로막아 오셨으니, 이번 한 번만 비켜주시면 안 되겠습니까?"

"……신아."

이청은 상투의 이마 부분을 벅벅 긁다가, 이윽고 주먹을 쥐고 자기 가슴을 팍팍 쳤다. 답답함을 넘어 숨도 잘 쉬어지지 않았고 목소리도 갈라졌다.

"대체 나한테 왜 이러니……. 제발 이러지 말아라. 응?"

"피하셔야겠습니다." 범통이 재차 끼어들었다. "창귀들이 접근 중입니다."

주위를 둘러보니 말마따나 창귀들이 자미당 입구로 슬금슬금 다가오고 있었다. 아직은 수가 적었으나 금방이라도 불어날 기세였다.

"네가 죽는 꼴을 그럼 보고만 있으란 말이냐!"

이청은 무시하고 소리를 버럭버럭 질렀다.

"너 없이! 이 나라가, 이 궐이, 이 종묘사직이 바로 설 수 있을 성싶으냐? 중전은 또 어떻고? 아비뿐만 아니라 네 어미 속까지 찢어발겨놓아야 속이 시원하겠느냔 말이다!"

어느덧 창귀들이 넘어지면 코 닿을 데까지 다가왔다. 범통이 검을 빼 들어 그들을 막았고, 나머지 착호갑사 둘도 창귀들과 붙어 싸우기 시작했다. 주변이 순식간에 아수라장이 된 와중에, 이청과 이신만이 태풍의 눈 속에 놓인 듯 고요하게 서로를 마주 보았다.

"이래서는 주객전도이지 않습니까."

이신이 힘 빠진 미소를 지으며 말했다.

"소자만 포기하시면 모든 일이 해결됩니다. 종묘사직은 소자 없이도 얼마든지 보전할 방도가 있을 것입니다. 부디 불초자의 불효를 용서해주십시오."

"……."

이청은 얼이 빠진 얼굴로 고개만 저었다. 그러자 이번에는 이신이 그의 두 손을 끌어다 잡았다.

"저의 처음이자 마지막 부탁입니다. 아버지."

그가 말을 마치자마자, 창귀들이 사방으로 파도처럼 덮쳐왔다.

이청은 쓰러져 창귀들에게 공격당하는 와중에도 이신의 손을 놓지 않았다. 그러다 끝내 놓쳐버린 순간, 아직 시도하지 않은 두 번째 방법이 남아 있었음을 퍼뜩 깨달았다. 희망이 솟아나자 죽어가는 와중에도 오히려 희열이 느껴졌다. 곧 창귀들이 거머리처럼 다닥다닥 달라붙어 온몸을 물어뜯었고, 이청은 의식을 잃기 전에 재빨리 칼을 뽑아 스스로 목을 벴다.

17

"범은 이곳에 없다."

이청은 자미당 영역의 입구 앞에서 말했다.

"그러나 곧 북쪽에서 월담하여 마당으로 들어올 것이다. 그전에 우리가 미리 습격하기 좋은 위치를 선점해놓아야 한다."

이렇게만 일러두고, 일단 일행들과 함께 마당 안으로 진입했다. 그 후 이청은 범을 노리기에 효과적인 위치를 직접 지정해주며 일행을 마당 곳곳으로 포진시켰다. 마지막으로 곶감에게는 이렇게 지시했다.

"너는 자미당 안으로 들어가 있거라."

이청은 말하는 내내 곶감의 눈을 피했다.

"범은 들어오는 즉시 너부터 공격하더구나. 네가 활을 잘 쏘니 가장 위험하다고 판단한 듯하였다. 그러니 너는 우선 자미당 안에 숨어 몸을 지키고 있다가, 범이 나오면 문틈으로 공격하거라."

곶감은 다른 두 착호갑사의 눈치를 보았고, 둘 다 동의하는 기색을 강하게 드러내자 이내 고개를 숙였다. 그러자 옆에서 이신이 끼어들었다.

"소자도 같이 들어가겠습니다."

"왜, 너도 숨고 싶으냐?"

"그것이 아니라……." 어딘가 석연치 않다는 투였다. "안전한 것이 확실합니까? 창귀가 숨어 있을 수도 있지 않습니까."

"안전한 것을 당연히 확인하였다. 설마 과인이 그 정도도 고려하지 않았을까."

"……."

이신은 끝내 물러나 제자리로 갔다. 범통과 불곰도 각자 지정된 위치로 이동했고, 곶감도 자미당의 정문으로 걸음을 옮겼다.

곶감은 계단을 터벅터벅 올라가 정문의 손잡이를 잡았다. 당겨서 열자마자, 안에서 범이 으르렁거리며 모습을 드러냈다. 그리고 곶감이 미처 뒷걸음치기도 전에 이청이 그녀를 향해 활을 쏘았다. 화살이 곶감의 심장을 꿰뚫었고, 뒤이어 범이 그녀의 목덜미를 물었다.

"지금이다, 쏴라!"

이청이 소리치자, 방금의 광경을 보고 굳어 있던 범통과 불곰이 부랴부랴 범을 향해 활을 쏘았다. 이신 역시 처음에는 충격에 빠진 모습이었으나, 이내 뒤따라 범을 공격하기 시작했다.

범의 갑작스러운 돌진을 막아내고 나니 이후의 싸움은 이청 일행에게 유리하게 흘러갔다. 곶감은 범에게 물리기 전에 심장을 먼저 꿰뚫렸기 때문에, 숨이 끊어진 후에도 창귀로 변하지 않았다. 그래서 넷 모두 아무런 방해 없이 범만 집중적으로 공격할 수 있었다.

범은 곶감을 문 채로 미처 튀어나오지 못하고 정문 앞에서 머뭇거리다가 활을 두어 방 맞았다. 이후 물고 있던 곶감을 팽개치고 곧장 세자에게로 달려들었다. 그러나 활에 맞아 발이 느려진 데다 거리 또한 먼 탓인지, 도중에 표적을 가장 가까이에 있는 불곰으로 바꿨으나 그마저도 여의치 않았다. 넷이서 화살을 퍼부어대는 통에 불곰에게 채 달려들기도 전에 화살을 몇 방 더 맞았다. 거의 벌집이 돼버린 범은 끝내 뒤돌아 후퇴하더니, 그대로 담을 넘어 사라져버렸다. 그렇게 곶감을 제외한 나머지 넷 모두가 생존했다.

상실감에 잠긴 얼굴로, 다들 한동안 곶감의 시신만 내려다보았다. 무슨 일이 벌어졌는지 이해하지 못하겠다는 듯 두 눈을 부릅뜬 채였고, 화살에 관통당한 부위에서는 여전히 선혈이 흘러나오고 있었다.

"정녕 이 방법뿐이었습니까?"

이신이 먼저 침묵을 깼고, 이청은 우물거리며 답했다.

"범에게 쏘려 하였는데, 빗맞은 것이다."

"되지도 않는 거짓말을⋯⋯." 이신이 쏘아붙였다. "이미 범이 자미당 안에 숨어 있음을 알고서 보내셨지 않습니까. 합을 맞추기라도 한 것처럼 상황이 물 흐르듯 흘러가더군요. 이 아이를 미끼로 삼은 것이 이번이 처음이 아니죠?"

침묵으로 시인하자, 이신이 고개를 천천히 저었다. 그의 얼굴에 한없는 증오의 표정이 들어차기 시작했다. 이청은 고개를 돌려버렸다. 바로 이 얼굴이 보기 싫어 끝끝내 시도하지 않으려 했던 방법이었다.

"그럼 어찌해야 좋았단 말이냐."

이청은 덤덤하게 변명했다.

"범이 예고 없이 뛰쳐나와 항상 이 아이부터 공격하고, 이 아이는 창귀가 되자마자 신이 너부터 무는 통에 도무지 일의 진척을 볼 수가 없었다. 그러니까 과인이 하고 싶은 말은, 이러하여도 저러하여도 이 아이는 결국 죽게 되어 있었다는 말이다. 하여 차라리 이 아이 하나를 희생시켜 나머지 넷 모두를 살리는 길이 최선이라 판단하였을 뿐이니라."

"참으로 구구절절한 사연이네요."

"⋯⋯."

"그냥 솔직하게 말씀하시지 않고요. 제가 이 아이를 좋아한 게 마음에 안 들어서 콱 죽여버렸다고."

"세자!"

이청이 화가 나서 목소리를 높이자, 이신도 지지 않고 이청을 째려보았다. 자칫하다가는 검까지 뽑아 들어 대들 기세였다. 범통과 불곰이 불온한 낌새를 읽고 슬그머니 둘 사이로 다가왔다. 일촉즉발의 분위기가 흐르는 가운데, 때마침 소나기가 내리기 시작했다.

이청은 이신을 노려보던 시선을 거두고, 눈을 감을 겸 고개를 젖혀 쏟아지는 비를 얼굴로 받아냈다. 그렇게 과열된 감정을 서서히 식혔다. 이로써 세자의 마음은 영영 잃고 말았으나, 세자의 목숨을 잃는 것보다는 백번 천번 나은 결과였다.

"어쨌건 간에 이것 하나만은 확실합니다."

이신이 말했다.

"이 아인 범에게 물려 죽은 것이 아닙니다. 아바마마의 활에 맞아 죽었습니다."

이신은 곧 이청에게서 등을 돌렸다. 그러고는 자신이 입고 있던 윗도리를 벗어 곶감의 얼굴 위에 덮어주었다.

이청은 문득 찌릿한 시선을 느끼고 옆을 보았다. 범통과 불곰이 은근하게 이청을 쏘아보고 있었다.

"왜." 이청은 힘없이 웃었다. "자네들도 과인의 책을 잡으려는 것인가?"

"당치 않사옵니다." 범통은 고개를 숙였다. "소관들의 목숨은 어차피 전하의 것이지 않사옵니까."

다소 비아냥이 섞인 투였으나, 이청은 그러려니 하고 넘겼다.

머지않아 남쪽에서 병사들의 함성과 창귀들의 절규 소리가 섞여 들려왔다. 이청은 누구에게도 눈길을 주지 않은 채 벽에 대고 하듯 말했다.

"범은 화살을 많이 맞았다. 아마 반 시진도 넘기기 힘들 테지. 허나 저대로 도망치도록 놔두었다가는 자칫 궐 밖으로까지 나갈 우려가 있다. 도성에 창귀를 퍼뜨리기라도 했다가는 큰일이므로, 추격하여 숨통을 확실히 끊어놓아야 한다. 상처가 깊은 상태이니 따라잡기 어렵지 않을 것이다."

그러나 일행이 미처 자미당의 마당을 빠져나가려 하기도 전에, 창귀들이 먼저 안으로 슬금슬금 침범했다. 넷은 곧 검을 뽑아들고 항전했으나, 금세 창귀들의 수가 불어나 꼼짝없이 그 속에 파묻혀버렸다.

18

"……아바마마의 활에 맞아 죽었습니다."

이신은 그렇게 말한 후, 자신의 윗도리를 벗어 곶감의 얼굴 위에 덮어주었다.

"곧 자미당 영역으로 창귀들이 들이닥칠 것이다."

이청은 거두절미하고 말했다. 그러고는 정문 앞을 가로막고 있는 곶감의 시체를 넘어 자미당 안으로 들어갔다.

"다들 들어오너라. 밖에서 싸웠다가는 금세 둘러싸이고 만다. 어서!"

일행이 그를 따라 자미당 안으로 들어오자마자 창귀들이 마당 곳곳으로 들이닥쳤다.

"둘씩 나뉘어 정문과 후문을 막아야 한다. 자네들 둘이서 정문을 맡아라. 과인과 세자가 후문을 맡겠다."

그렇게 지시한 후, 이청은 세자를 데리고 복도를 통해 후문으로 건너갔다. 후문 쪽이 들이닥치는 창귀의 수가 더 적기 때문이었다.

이청은 우선 세자와 함께 장롱이나 장식장 등을 끌어와 출입구를 틀어막았다. 그다음 틈새로 들어오려는 창귀들을 찔러서 상처를 입히는 방식으로 싸웠다. 죽이지는 못해도 창귀들의 사지에 손상을 입혀 문 앞에서 움직이지 못하게 만든 후, 그들까지도 방벽으로 이용하겠다는 전략이었다.

얼마 안 가 후문이 꽉 막히자, 근처에 있던 창귀들의 울음소리가 점점 줄어들기 시작했다.

"창귀들이 다른 문을 찾기 시작했다." 이청이 말했다. "전각을 돌아 정문으로 향할 것이다. 합세하여 막아야 한다."

둘은 곧 복도를 가로질러 정문으로 넘어갔다.

범통과 불곰은 한창 교전 중이었다. 출입구의 폭이 후문보다 두 배가량 넓은 데다 방벽을 칠 여유도 없었던 탓에 사실상 둘이서 맨몸으로 막아내고 있었다. 이청과 이신은 곧 그들과 합세하여 맞서 싸웠다. 방벽 같은 것을 구축할 여유는 없었고, 창귀들이 안으로 들어오지 못하게 막는 데만도 벅찼다.

얼마 안 가 출입구가 뚫렸고, 일행은 복도로 밀려났다. 바닥에 쌓인 시체들이 너무 많아 발 디딜 틈이 없어졌기 때문이었다. 이토록 셀 수 없이 해치웠음에도 달려드는 창귀의 수는 줄어들기는커녕 점점 더 늘어나기만 했다.

"……이대로는 끝이 없겠구나."

이청이 헐떡이며 말했다.

"후문이 비었으니 그곳을 통하여 자미당을 빠져나가자. 과인이 신호를 주면, 일제히 뒤돌아 달리거라."

곧이어 이청이 적절한 순간을 골라 "지금이다!" 하고 소리쳤고, 모두 뒤돌아 달리기 시작했다. 그러나 뭔가 허전해서 뒤를 돌아보니, 불곰이 여전히 출입구 앞에 남아 있는 모습이 보였다.

"……자네."

불곰은 뒤를 한번 흘끗 보는 것으로 대답을 대신하더니, 이내 창귀들을 향해 고함을 우렁차게 내질렀다. 그러고는 너무 써서 부러진 검을 내던지고 맨손으로 창귀들의 머리통을 부수기 시작했다.

"가셔야 합니다."

범통이 말했고, 이청은 곧 고개를 돌려 가던 길을 재촉했다.

자미당의 뒤편에 도착한 셋은 후문을 막은 방벽들을 걷어내기 시작했다. 그렇게 한 사람이 겨우 빠져나갈 정도로만 공간을 벌린 후 줄지어 전각 밖으로 나갔다. 창귀들이 죄다 정문 쪽으로 몰린 덕에 뒷마당은 텅 빈 상태였고, 그 틈을 타 셋은 뒷담을 넘어 자미당 영역을 무사히 빠져나갔다.

이청은 먼저 바닥을 확인했다. 비에 조금 지워지긴 했으나 범이 흘린 핏자국이 아직 흐릿하게 남아 있었다. 눈으로 좇아보니 북쪽으로 이어지고 있었다.

"백악산으로 가려는 모양이다."

이청이 말했다.

"핏자국이 지워지기 전에 얼른 따라잡아야 한다."

셋은 곧 핏자국을 따라가기 시작했다. 가는 길에 창귀는 거의 마주칠 일이 없었는데, 간혹 마주친다 해도 수가 적어 금방 해치울 수 있었다.

소나기가 내린 이후로 창귀들 대부분이 남하했기 때문에 궐의 북쪽 방면은 상대적으로 한산했다. 그러나 일행은 한숨 돌릴 틈도 없이 강행군을 계속했다. 소나기가 갈수록 거세져서 핏자국이 지워지는 속도가 더 빨라졌기 때문이었다.

북상할수록 경사가 높아져 나중에는 토가 나올 것 같을 만큼 뛰기가 힘들어졌다. 이청은 신음에 가까운 숨을 헐떡헐떡 내뱉다가, 취로정까지 왔을 때 결국 넘어지듯이 무릎을 꿇고 바닥에 손을 짚었다. 잠깐만 쉬자고 말하려는데, 마침 범통이 가까운 곳을 손으로 가리켰다.

"범입니다."

그 말에 이청은 고개를 들어 그곳을 보았다. 과연 취로정의 연못 맞은편 멀리서 절뚝거리며 걸어가는 범의 뒷모습이 어렴풋하게 보였다.

이신이 즉시 범을 향해 활을 쏘았다. 어둡고 비까지 내리는 데다 거리 또한 만만치 않았음에도 화살은 정확히 범의 등짝에 꽂혔다. 범은 한 차례 크게 으르렁거리며 뒤를 돌아보더니, 이내 더 빠른 속도로 도망치기 시작했다. 이내 담벼락의 모퉁이를 돌아 모습을 감춘 통에 더는 활로 노릴 수도 없게 되었다.

"어찌 저리 명이 질긴 것인지……."

이청은 투덜거리며 다시 몸을 일으킨 후, 마저 범을 쫓았다. 그러나 취로정을 지나자마자 나오는 갈림길에서 한 무리의 창귀와 조우했다. 그들은 도망치다 막 붙잡힌 사람 한 명을 한창 뜯어 먹고 있었다. 그들 중 하나가 고개를 휙 돌렸고, 일행은 모퉁이 뒤로 재빠르게 숨었다.

"노귀들이 많습니다." 이신이 말했다. "셋만으로는 뚫기가 힘들 듯하니 다른 길로 가죠."

"먼 거리를 돌아가야 한다." 이청이 대꾸했다. "그러는 사이에 범을 놓칠 것이다."

짧은 침묵이 내려앉은 가운데, 범통이 선뜻 입을 열었다.

"소관이 다른 곳으로 유인하겠습니다."

"……."

"저들을 몰아 서쪽길로 빠질 터이니, 두 분께서는 그 틈에 북상하십시오."

이어서 범통은 활을 바닥에 내려놓더니, 양손으로 장검과 단검을 각각 뽑아 들었다. 마치 자기가 이렇게 쓰이리라는 것을 애초부터 예상했다는 듯 그저 초연해 보였다.

이청은 고개를 끄덕였다.

"귀관들을, 내 절대로 잊지 않겠다."

범통이 모퉁이를 돌아 창귀들을 향해 뛰쳐나갔다. 그는 창귀들과 잠시 접전을 벌이며 관심을 집중시킨 후, 지체 없이 서쪽길로 빠졌다. 창귀들이 그를 우르르 따라가고 나니 길목이 금세 텅 비었다. 이청과 이신은 그렇게 갈림길을 통과해 계속해서 범을 쫓았다.

한동안 추격전이 이어졌다. 이청은 너무 힘들어 입에서 토사물을 질질 흘리면서도 쉬지 않고 달렸다. 체력의 한계를 넘긴 지 오래였으나 저 멀리 범이 보이니 멈출 수가 없었다. 그러나 백악산 초입에 이르자 안 그래도 높아지던 경사가 더욱 급격해졌고, 이청은 끝내 돌부리에 발이 걸린듯 요란하게 넘어졌다.

"……더는, 움직일 수가 없다."

이청은 그렇게 말하며 몸을 대자로 뻗었다. 온몸의 근육이 터질 것만 같았다. 이신 역시 힘에 부쳤는지 제자리에 무릎을 꿇고 앉았다. 이어서 범이 있는 곳을 향해 활을 쏘았으나, 범이 나무가 많고 어두컴컴한 숲길로 진입한 탓에 맞히기는커녕 이내 눈으로 쫓기도 힘들어졌다.

이대로 가다가는 꼼짝없이 놓치게 될 판이었다. 이청은 억지로 몸을 일으켰다가, 다시 풀썩 주저앉았다. 한없는 절망감에 매몰되어가던 중에, 멀지 않은 곳에서 문득 짐승의 울음소리가 가느다랗게 들려왔다. 퍼뜩 주변을 둘러보니, 근방 처소 옆에 궁내 마구간이 있었다.

"말이다!"

갑자기 나타난 구원에 없던 힘이 솟았다. 이청은 이신의 부축으로 몸을 일으킨 후 곧장 마구간으로 향했다.

안으로 들어가자 누워 쉬던 몇몇 말들이 놀라 몸을 일으켰다. 이청은 그중 입구에서 가장 가까이에 있는 말을 끌고 나와 안장 없이 곧장 올라탔다. 말은 귀찮다는 듯 잠시 몸을 들썩이다가 금세 얌전해졌다. 이신도 이어서 말 한 마리를 골라 탔고, 둘은 곧 고삐를 당겨 범이 사라진 곳으로 말을 몰기 시작했다.

둘은 숲속의 어둠을 헤치고 무작정 나아갔다. 범을 놓치기는 했으나 분명 멀리 가지 못했을 터였다. 얼마 가지 않아 텅 빈 초소가 보였다. 사람 두 명이 들어갈 수 있을 만한 크기였는데, 그 안에 커다란 대포가 하나씩 놓여 있었다. 그와 같은 소형 전각이 일정한 거리를 두고 줄줄이 포진되어 있었다. 또한 초소의 지붕 아래에 밝혀져 있는 등불들 덕분에 주위가 조금씩 보이기 시작했다.

이청은 제자리에 말을 세우고 잠시 주위를 둘러보았다.

"백악산의 대포 진지다."

바야흐로 궐의 북쪽 끝자락에 도달한 것이었다.

"범이 궐을 탈출하기 전에 반드시 찾아 죽여야 해."

그가 말을 끝내자마자 커다란 나무 뒤에서 범이 기척도 없이 튀어나왔다. 녀석은 상처를 많이 입은 데다 힘이 다해 거의 바닥에 들러붙다시피 한 상태였으나, 표정만은 여전히 사나웠다.

이윽고 범이 이청을 향해 맹렬히 부르짖자 이청이 타고 있던 말이 기겁하며 상체를 벌떡 세웠다. 이청은 자세를 미처 추스르지 못해 머리부터 땅으로 떨어졌고, 그대로 목뼈가 부러져 즉사했다.

19

마구간.

이청과 이신이 안으로 들어가자 누워 쉬던 몇몇 말들이 놀라 몸을 일으켰다.

이청은 그중 입구의 가장 가까이에 있던 말 앞으로 가 고삐를 끌어당겼다. 그러나 직전 날과 다르게 이번에는 뒷걸음질 치며 밖으로 나오려 하지 않았다.

"왜 이러는 게야? 고분고분하던 녀석이……."

이청은 투덜대다가, 돌연 섬뜩한 불안을 느꼈다. 그러고는 말의 얼굴을 가만히 바라보았다. 말은 왠지 겁에 질린 듯해 보였다.

"왜 그러십니까?"

이신이 물었다. 그는 이미 말을 골라 끌고 나오는 중이었다.

"……아니다."

이청은 애써 대수롭지 않게 여기고 말의 고삐를 놓아주었다. 그러고는 바로 옆 칸에 있는 말을 끌고 마구간을 나갔다.

"백악산 대포 진지다." 이청이 고삐를 당기며 말했다. "범은 그 곳에 있다."

둘은 말을 타고 어두운 산길을 거침없이 내달렸다. 머지않아 등불이 밝혀진 초소들이 줄지어 펼쳐졌다. 이청은 자신이 직전 날에 낙마했던 지점에서 약간 떨어진 곳에 말을 세운 후, 조용히 내렸다.

"범이 지척에 있다." 이청이 말했다. "말이 범을 보고 놀라면 위험하니 너도 내리거라."

이신도 말에서 내렸고, 둘은 활을 들어 주변을 유심히 훑었다.

"범은 상처를 매우 많이 입었고 체력도 바닥이 난 상태다. 이 미 우리에게 잡힌 것이나 다름이 없으니, 찾아내어 숨통을 끊어 놓기만 하면 된다."

바닥이 젖은 흙밭이라 핏자국은 알아볼 수 없었으나, 대신에 발자국을 찾아낼 수 있었다. 이청은 큼직하게 찍힌 범의 발자국 을 따라 신중하게 나아갔다. 얼마 안 가 커다란 나무 옆에 기대어 앉은 범의 모습이 눈에 띄었다. 맥이 빠질 만큼 쉽게 발견된 탓에 혹시 모를 함정이라도 있는 것은 아닌지 주의를 기울였으나, 딱 히 위험해 보이는 요소는 없었다. 범 역시 이미 반쯤 포기한 듯한 얼굴로 이청을 노려보기만 할 뿐이었다.

이청은 곧 범을 향해 활을 쏘았고, 한쪽 눈에 명중했다. 범은 힘없이 으르렁거리며 모로 쓰러지더니, 그대로 움직임을 멈추었다. 그와 동시에 저 멀리 광화문 방면에서 군중들의 커다란 함성이 빗소리에 섞여 어렴풋하게 들려왔다. 보아하니 지원군도 도착한 모양이었다.

"······막아내었구나."

이청은 한숨을 길게 내뱉으며 감회에 젖었다가, 범에게로 터덜터덜 걸어갔다. 그리고 이제는 거의 걸레짝이나 다름없게 된 범의 몰골을 죽 훑어보았다. 뒤따라온 이신 역시 범을 멍하니 내려다보다가, 이청에게 물었다.

"피아리수는 이제 몇 개가 남았습니까?"

"딱 한 개가 남았다. 참으로 아슬아슬······."

말이 끝나기도 전에 범이 갑자기 눈을 번쩍 뜨며 달려들었다. 사실상 마지막 남은 힘을 짜내 이판사판으로 공격한 것이었는데, 거기에 이신이 얼어걸렸다.

"신아!"

이청이 부르짖었으나 이신은 이미 목덜미를 물어뜯기고 난 뒤였다. 범은 이번에야말로 힘이 완전히 고갈되었는지, 이청까지 공격하지는 못하고 그대로 쓰러져 숨만 얕게 몰아쉬었다.

"신아······."

이청은 노귀로 변해가는 아들을 보며 애써 웃었다.

"괘, 괜찮다! 아직 한 번의 기회가 더 남았다. 이제 어찌하면 되는지 다 알았으니, 이제 계획이 완벽하게 섰으니 더 이상 실수할 일이 없을 것이다. 그러니……."

도중에 노귀로 변한 이신이 달려들어 말이 끊겼다. 그는 이청을 향해 가히 형용할 수 없는 분노를 표출하며 죽일 듯이 달려들었고, 이청은 그에게 물려가면서도 아득바득 자세를 취한 끝에 스스로 목을 떨어뜨리는 데 성공했다.

20

이청은 잠에서 깼다.

그리고 눈을 뜨자마자 무엇인가가 잘못되었음을 직감했다. 범의 울음소리가 들려오지 않았기 때문이었다. 평소보다 일찍 일어났나 싶어 조금 더 기다려보았으나, 범의 울음소리는 끝내 들리지 않았다.

이청은 일단 자리에서 일어나 머리맡의 등잔에 불을 붙였다. 피아리수는 이제 앙상한 가지만 남긴 채, 모든 꽃이 시든 채로 협탁 위에 수북이 쌓여 있었다.

오늘이 마지막 날이었다.

이청은 침상을 빠져나와 검을 뽑아 들고는, 천천히 침소의 문을 열었다.

"전하!"

상선이 이청을 보자마자 기겁을 했다.

"거, 검은 어찌하여……."

"물러서라."

이청은 이어서 복도의 모퉁이 쪽을 바라보았다. 그러나 한참을 귀 기울여봐도 우당탕거리는 소리도, 사내가 흐느끼는 소리도 나지 않았다. 이청은 곧 걸음을 옮겨 모퉁이를 돌았다. 그러자 창귀는커녕 복도에 서서 멀쩡하게 번을 서고 있는 대전별감의 모습이 보였다.

"전하." 대전별감의 얼굴이 굳었다. "검을 어찌하여 들고 계신 것이옵니까?"

"김 별감, 자네……." 이청은 멍한 얼굴로 물었다. "어찌 멀쩡한 게냐?"

"……예?"

"아니, 이것이 다……."

이청은 길 잃은 아이처럼 주위를 두리번거렸다.

"무엇이 어찌 된 일이더냐. 창귀들은 다 어디로 갔느냔 말이다."

"차, 창귀라니……." 상선이 심히 걱정된다는 투로 물었다. "그것이 다 무슨 말씀이시옵니까? 전하, 혹여 옥체 미령하신 점이라도……."

때마침 어디선가 범의 울음소리가 들려왔다.

이청은 그것을 듣고 일순 안심했다가, 이내 가슴이 덜컥 내려

앉았다.

"······어째서?"

이청은 크게 부릅뜬 눈으로 애꿎은 상선만 노려보았다.

"울음소리가 왜 북쪽이 아니라, 남쪽에서······."

이청은 일단 혼자서 강녕전을 빠져나왔다. 여태까지와는 다르게 앞마당은 창귀 하나 없이 조용했다. 그러나 머지않아 남쪽 방면에서 소란스러운 소리가 들려오기 시작했다. 바로 궁인들의 단말마와 창귀들의 울부짖음이었다.

이청은 그 소리를 가만히 듣다가, 문득 전모를 깨달았다. 곧이어 가시 같은 소름이 온몸에 돋았다.

"······당했구나."

그가 사색이 되어 굳어버린 사이, 이신이 동궁전에서 강녕전 영역으로 막 넘어오는 모습이 보였다.

"아바마마, 괜찮으십니까?" 이신이 말했다. "궐내가 시끄럽기에 혹시나 하여 찾아와봤는데······."

이청은 그가 가까이 오자마자 어깨를 잡아 흔들며 말했다.

"도망쳐야 한다. 궐 밖으로, 어서!"

이신은 잡아끄는 이청의 손을 뿌리치며 말했다.

"왜 그러십니까? 혹시 궐에 역모라도······."

"저 범도 과인처럼 기억을 다 가지고 있었단 말이다!"

이청은 빽 소리치고는, 이내 자기 생각에 빠져 앞뒤 분간 없이 횡설수설하기 시작했다.

"직전 날에 말이 겁을 먹은 것을 보고 진즉에 깨달았어야 했다. 피아리수의 힘으로 인해 하루가 새로 반복되어도, 인간이 아닌 짐승들은 직전 날의 기억들을 고스란히 가지고 가는 것이 분명하다. 어찌 된 조화인지는 알 턱이 없으나, 그러지 않고서는 저 범이 이리 나를 속일 수 있을 리가 없어!"

"아, 아바마마, 일단 진정하시고……."

"과인이 완전히 놀아났구나. 인간보다 영악한 범이라던 범통의 말이 참이었다. 저 범은 이제껏 기억이 없는 척 매일을 비슷하게 되풀이하며 과인을 속여왔던 게야! 게다가 남은 부활 일수까지 알고 있었음이 분명하다. 그래서 일부러 부활의 기회가 모두 소진될 때까지 기다렸다가 마지막 날인 오늘, 이렇게 과인이 여태 세워온 계획을 송두리째 뒤집어엎어버린 것이야. 그런 줄도 모르고 난 멍청하게도, 꼼짝없이……."

"아바마마!"

이신이 버럭 소리치며 이청의 말을 끊었다.

"뭐라 말씀하시는지 하나도 모르겠단 말입니다!"

"……."

"그러니 부디 진정하시고, 심호흡부터 하십시오. 예?"

이청은 퍼뜩 정신을 차렸다. 이신이 꾸짖어준 덕분에, 이제야막 잠에서 깬 것처럼 머리가 일순 맑아졌다. 이청은 곧 눈의 초점을 고쳐 잡고 세자를 똑바로 바라보았다.

"저 소리가 들리느냐?"

이청은 그리 말하며, 먼 곳을 건너다보듯 고개를 들었다. 창귀들의 울음소리가 점점 가까워지는 중이었다.

"궐내에서 싸움이 벌어진 듯합니다." 이신의 표정이 심각해졌다. "역모가 아니고서야……."

"아니. 그런 게 아니다. 설명해줄 테니, 지금부터 과인이 하는 얘길 새겨듣거라."

이청은 100일간의 자초지종 중에서 필요한 부분만 짧고 굵게 추려 이신에게 말해주었다. 시간이 촉박하긴 해도, 이래야 도망가라고 설득하기가 더 쉬워질 것 같아서였다.

이신은 다 듣고 난 후, 천천히 고개를 끄덕거렸다.

"……그래서 방금 범한테 놀아났다느니 하며 횡설수설하셨던 것이로군요."

"이해가 빨라 다행이구나. 그러니 일단은 대피부터 하여야 한다."

"허나 창귀에 대해 하신 말씀들은……." 이신은 고개를 갸웃했다. "직접 보지 않고선 믿기 어렵겠는데요."

말이 끝나자마자 창귀 한 무리가 향오문을 넘어왔고, 이청은 지긋지긋하다는 투로 말했다.

"저것들이다."

반신반의하던 이신의 얼굴이 금세 딱딱하게 굳었다. 이청은 다가오는 금군 창귀의 목을 대번에 베어낸 후, 그의 허리춤에 있던 검을 뽑아 이신에게 건네주었다.

"목을 베어라. 그래야만 이것들의 움직임을 멎게 할 수 있다."

둘은 곧 창귀와 맞서 싸웠다. 그러나 점점 수가 불어나더니 이내 둘만으로는 상대하기가 버거워질 지경이 되었다. 이청이 도망가자고 말하려는데, 마침 창귀 무리의 뒤편에서 칼부림 소리가 들려왔다. 금군들이 강녕전 영역으로 막 도착해 창귀들을 공격하기 시작한 것이었다. 이어서 말발굽 소리도 들렸고, 곧 내금위장이 말을 타고 이청의 앞으로 달려왔다.

"전하!" 내금위장이 말에서 내려 고개를 숙였다. "무사하셨나이까."

"살아남은 병력은?" 이청이 서둘러 물었다. "현황이 어찌 되어 가는 중인가?"

"원인을 알 수 없으나 현재 궐내에 산 사람을 물어뜯는 '광인'들이 창궐하였사옵니다. 그들에게 물리면 그 물린 자들 또한 광인이 되는데, 벌써 궐내의 남쪽 군영 병력 오백 중의 절반 이상이 그리 변하였고, 궁인들도 속속 당하고 있사옵니다. 아직 화를 입지 않은 병사들이 북쪽으로 후퇴하며 광인들과 교전을 벌이는 중이오나, 전세가 상당히 불리하옵니다."

"병력의 절반이 벌써……."

이청은 손으로 입을 가렸다. 스멀스멀 구토감이 올라왔다.

"이대로는 반 시진도 걸리지 않아 광인들이 궐 전역으로 퍼질 것으로 사료되옵니다. 그러니 전하와 저하께서는 말에 탑승하시어 속히 후원의 북문을 통하여 대피하시옵소서.”

내금위장이 말의 고삐를 넘겨주었으나, 이청은 받지 않고 계속해서 물었다.

“다른 삼면의 궐문들은 모두 잘 닫혀 있느냐?”

“광화문, 영추문, 건춘문 모두 굳게 닫혀 있사오나, 그 탓에 광인들이 일제히 후원 방면으로 북상 중이옵니다.”

“후원의 병력은?”

“이백 명가량이 상주 중이온데, 그나마도 아직 남쪽의 상황을 모르고 있을 것이옵니다.”

“알려야 한다.” 이청이 말의 고삐를 잡으며 말했다. “말은 한 필 뿐인가?”

“송구하옵니다, 전하. 급히 나오느라…….”

“세자, 네가 가거라.”

이청은 말의 고삐를 세자에게 넘겨주었다.

“창귀들은 불을 무서워하니, 가서 금군들로 하여금 후원의 길목마다 화롯불을 설치하도록 지시하여라. 길이 넓어 전부를 봉쇄하기는 힘들 터이나 없는 것보다는 나을 것이다. 그리고 너는 상황이 수습될 때까지 궐을 나가 있거라.”

“싫습니다.”

이신이 고개를 단호히 저었다.

“아바마마께서 가십시오. 어제 막 돌아온 소자가 뭘 안다고 금군들에게 지시를 내린단 말입니까? 소자보다 금군들의 사정과

병법에 더 밝은 아바마마께서 가시는 게 옳을 줄로 압니다. 소자는 여기에 남아 창귀들을 최대한 막겠습니다."

"……."

"가는 길에 교태전에 들러 어마마마도 함께 태워 가시는 것 잊지 마시고요. 또한 창검을 들 줄 모르는 자들을 싹 다 그러모아 궐 밖으로 내보내야 할 것입니다. 아, 물론 소자가 굳이 말하지 않더라도 아바마마께서 알아서 잘 대처하시겠지만요."

이청은 내금위장을 슥 쳐다보았다. 그는 언제든지 세자를 기절시킬 준비가 되어 있다는 듯 고개를 미세하게 끄덕였다. 그러나 이청은 끝내 한숨을 길게 흘리고는, 내금위장에게 고삐를 넘겨주었다.

"내금위장이 가거라. 가서 후원의 길목마다 화롯불을 최대한 많이 깔아두어라. 또한 세자의 말대로 교태전에서 중전을 태워 가고, 가는 길에 살아남은 궁인들을 마주치거든 북문으로 대피하도록 일러주고."

"하, 하오나 전하……."

"시간이 없으니 어서. 어명이다."

내금위장은 끝내 고개를 숙인 후, 말을 타고 강녕전 영역을 빠져나갔다.

이청은 내금위장이 사라진 곳을 조용히 바라보다가, 혼잣말하듯 이신에게 말했다.

"더는 부활의 기회가 없다. 이번에 죽으면, 진정으로 죽는 것이다."

"아바마마께는 오늘이 일백 번째겠지만……."

이신이 대꾸했다.

"소자에게 있어 오늘은, 오늘이 처음입니다."

"그래. 그럴 테지." 이청은 쓴웃음을 지었다. "그러나 오늘은 과인에게도 생판 처음처럼 느껴지는구나."

"자, 그래서……." 이신이 거두절미하고 물었다. "이제부터 어찌하실 생각이신지요? 계획이 아무리 송두리째 뒤집혔다지만, 그래도 일백 날의 경험을 가지고 계시니 그 안에서 무슨 방도가 나오지 않겠습니까?"

이청은 조금 생각해보다가, 답을 내놓았다.

"궐에 불을 놓는 수밖에 없겠다."

이신이 당혹해하며 물었다. "궐을 통째로 불사르시겠다고요?"

"초반에 한 번 시도해보았었다. 그때는 중간에 과인까지 타 죽어 결과를 확인치 못하였으나, 아마 그대로 이어졌더라면 궐내의 창귀는 모두 소탕되었을 테지."

"허나 범은요? 정작 범이 궐 밖으로 도망쳐 도성의 백성들을 창귀로 만들어버리면, 다 헛일이 되는 것 아닙니까?"

"그렇긴 하나……." 이청의 눈에서 힘이 점점 빠져나갔다. "달리 마땅한 방도가 없다. 후원에는 뚫린 길이 너무 많아 화롯불을 세운다 한들 한계가 있고, 병력 또한 지극히 열세라 백병전도 불가하다. 그저 화마가 범을 집어삼켜주기를 바라는 수밖에는……."

"그렇다고 궐까지 잿더미로 만드는 건 너무 막무가내이지 않습니까. 굳이 불을 지르지 않더라도 창귀를 막아낼 방도는 있을 것입니다. 백병전이 힘들면 총통이나 대포 등의 화기를 이용해도 될 테고요."

"그러나 화기는……."

시들시들했던 이청의 눈이 돌연 활짝 떠졌다.

"그래, 그 수가 있었구나! 대포. 대포를 쏠 수가 있어!"

"아바마마, 설마……." 이신이 황당해하며 물었다. "일백 날 동안 한 번도 화기를 사용할 생각을 못 하셨던 겁니까?"

"당연히 하였지 왜 못 했겠느냐? 창귀 떼에 막혀 화기류가 보관된 백악산의 대포 진지에 접근할 수 없었을 뿐이다. 그러나 이번에는 남쪽이 막힌 대신 후원과 백악산이 비었으니, 덕분에 대포를 쏠 수 있게 되었다. 줄곧 관심 밖이었던 탓에 미처 고려하지 못하였구나. 더 일찍 깨달았다면 내금위장을 보낼 때 대포도 준비하라 일렀을 터인데……."

"지금이라도 늦지 않았습니다."

둘은 마주 보며 끄덕거린 후, 백악산을 향해 달리기 시작했다.

한동안 둘은 쉬지 않고 나란히 달리기만 했다. 가는 길에 궁인을 여럿 마주쳤는데 다들 궐의 북문 방면으로 도망치느라 여념이 없었다. 상황 파악이 안 된 자들도 주변 사람들을 따라 얼떨결

160

에 도망쳤기에 이청이 따로 대피하라 일러줄 필요는 없었다.

취로정을 갓 넘어섰을 즈음, 둘은 좁은 길목에서 창귀 한 마리의 습격을 받았다. 짐승처럼 악을 박박 질러대는 노귀였다. 둘이 멈춰 서서 검을 뽑자마자 창귀가 달려들었고, 곧 싸움이 벌어졌다. 노귀의 힘이 강해서 다소 애를 먹었으나 한 명뿐이라 금세 제압할 수 있었다.

이신이 검에 묻은 피를 휙 털어내며 중얼거렸다.

"창귀가 벌써 후원까지……."

이청이 숨을 몰아쉬며 말했다.

"서두르자."

그러나 얼마 못 가 둘은 대여섯이 넘는 창귀들과 마주했다. 죄다 노귀들이었고, 설상가상으로 길목의 뒤쪽에서도 비슷한 수의 창귀들이 들이닥치자 둘은 순식간에 진퇴양난에 빠졌다. 일단 서로 등을 맞대듯 돌아서서 각각 검을 치켜세웠으나 그다지 승산이 없어 보였다.

이윽고 창귀들이 양쪽에서 달려들었다. 이청은 우선 맨 앞의 한 명은 해치웠으나 다른 한 녀석이 몸을 던지는 것까지는 막지 못하고 부딪혀 함께 쓰러졌다. 이청은 등을 깔고 누운 채 검의 옆면으로 창귀의 입을 가까스로 막았다. 옆을 보니 이신도 벽으로 몰려 고전을 면치 못하고 있었다.

이청은 눈을 감았다. 다 끝났다고 생각한 순간, 창귀의 힘이 돌연 약해졌다. 눈을 떠보니 창귀의 뒤통수에 화살이 꽂혀 있는 것이 보였다. 이청은 힘을 주어 자신을 누르던 창귀를 밀어내고 화살이 날아온 곳을 응시했다.

범통과 불곰, 그리고 곶감이었다.

셋은 곧장 이청과 이신의 곁으로 달려왔다. 그러고는 화살에 맞아 움직임이 굼떠진 창귀들을 상대하기 시작했다.

셋이 합세하자 전세가 단숨에 역전되었다. 불곰이 큼지막한 철퇴로 창귀 네다섯을 한꺼번에 날려버리는 동안 범통은 이청을 노리던 녀석을 해치웠고, 마찬가지로 곶감은 이신을 도와 싸웠다. 머지않아 길목을 막던 창귀 한 무리가 전부 소탕되었다.

이청이 손을 무릎에 대고 숨부터 고르는 동안, 범통이 그를 알아보고 퍼뜩 고개를 숙이더니 다른 둘에게도 말했다.

"주상전하와 세자저하이시다. 어서 예를 갖추어라."

그러자 불곰과 곶감도 고개를 숙였다.

"자네들, 역시 무사하였구나!"

이청이 셋을 번갈아 보며 격하게 반기자, 범통이 의아해하며 물었다.

"송구하오나, 소관들을 아십니까?"

"잘 알다마다. 급박하므로 자세한 사정은 나중에 설명해주겠다. 혹 이것들에게 물린 이가 있느냐?"

범통은 다른 둘을 살펴본 후 말했다.

"없습니다."

"짧게 설명할 터이니 숙지하거라." 이청은 말했다. "이것들은 범에게 물려 변한 창귀들이다. 같은 창귀에게 물려도 창귀가 되지만, 범에게 물려도 창귀가 된다. 하여 창귀의 씨를 말리기 위해 범을 잡아야만 한다."

범통이 말했다. "범이라면 퇴각하던 길에 한 마리 목격했습니다만."

"어디서 말이냐?"

"소주방 영역에서 궁인들을 공격하고 있었습니다."

"벌써 거기까지 당도하였단 말인가. 어째 노귀들이 많이 보인다 싶었는데 역시……."

이청은 문득 거슬리는 낌새를 느끼고 이신을 흘끗 보았다. 아니나 다를까 그는 곶감을 빤히 바라보고 있었다. 이청은 조용히 실소를 내뱉었다.

"정녕 단 하루도 거르는 법이 없구나."

"아." 이신이 뒤늦게 이청을 돌아보았다. "예? 뭐라 하셨습니까? 소, 송구하지만 한 번만 더……."

"됐다, 됐어."

이청은 계속해서 착호갑사 셋에게 말했다.

"과인은 백악산의 대포 진지로 향하던 길이었다. 함께 가다오. 목적지까지 무사히 도착하기를 바라 마지않지만, 범이 직전까지 소주방에 있다 하였으니 지금쯤 취로정의 지척까지 올라와 있을지도 모른다. 도중에 혹시라도 범을 맞닥뜨리게 되거든 자네들이 힘을 좀 써주어야겠다."

"맡겨주십시오."

범통이 고개를 숙이자, 나머지 둘도 따라 숙였다. 그리고 곧 다섯이서 함께 백악산 대포 진지로 향했다.

이후 일행은 일각에 가까운 시간 동안을 쉼 없이 내달렸다. 경사가 급격히 높아지는 산길의 초입에 다다라서야 이청은 뜀박질을 멈추고 잠시 쉬었다.

여기서부터는 지시했던 대로 화롯불이 곳곳에 배치되어 있었고, 사이사이마다 금군들도 포진하여 경계를 서는 중이었다. 그러나 이제부터 몰려올 창귀 떼를 상대하기에는 방비가 턱없이 부족해 보였다.

"전하!"

근처에 있던 내금위장이 곁으로 다가왔다.

"궐의 북문을 일시적으로 개방해놓았사옵니다. 병력을 제외한 살아남은 궁인들 대다수가 빠져나갔고 중전마마께서도 피신을 마쳤사오니, 전하와 저하께서도 속히 대피하시옵소서."

"과인은 나중에 나갈 터이니, 우선 세자부터……"

"싫습니다."

이신이 대뜸 거부했다. 이청이 내금위장에게 슬쩍 눈치를 주자, 이신이 후다닥 뒷걸음질 치며 물러났다.

"내금위장에게 무얼 시키려는 것입니까?"

이청과 내금위장 모두 당황하여 시선을 피했다. 이신은 계속해서 말했다.

"사정전에 있을 때도 둘이서 눈치를 주고받는 것을 보았습니다. 혹 소자를 기절시켜 강제로 빼낼 생각이시라면, 포기하시는 게 좋을 겁니다."

"오늘은 아니 된다."

이청은 단호하게 말했다.

"지금 당장 대피하거라. 어명이다. 계속 거부한다면 금군들을 시켜 억지로라도 끌어낼 것이다."

"어디 한번 해보십시오."

이신이 허리춤에 찬 검의 손잡이를 그러쥐었다. 보아하니 진정으로 뽑을 기세였다. 이청은 지쳤다는 듯 한숨을 쉬며 말했다.

"상황이 급박하질 않으냐. 어리숙하게 굴지 말고 어서 이 아비 말을 듣거라."

그리 말하자 이신의 얼굴이 확 빨개졌다. 그는 곳감을 한 번 흘끗거리더니, 목소리를 낮게 깔며 말했다.

"언제까지 애 취급하실 겁니까? 소자도 이제 다 컸습니다."

"과인의 눈에는 그리 보이지 않는다. 곧 창귀들이 들이닥칠 것이니, 속 그만 썩이고 어서 북문으로 대피하여라."

이신은 대꾸 없이, 그저 입을 꾹 다문 채 이청을 노려보기만 했다.

"세자를 포박하라."

이청이 명하자, 주위에 있던 금군들이 이신의 곁으로 슬금슬금 다가갔다. 이신이 곧 검을 뽑아 들었고, 금군들도 저마다 검과 오랏줄을 손에 잡았다.

"여기에는 말려줄 중전도 없다." 이청이 차갑게 말했다. "네 몸에 상처를 내어서라도 제압할 것이다. 그만 포기하거라."

이신은 대답 대신 맨 앞의 금군에게 검을 휘둘렀다. 금군이 검을 세워 가까스로 막았는데, 그러지 않았다면 얼굴이 가로로 반 토막 날 뻔했다. 이신의 진심을 읽은 금군들은 슬슬 검을 두 손으로 잡았다.

이신은 제자리를 빙빙 돌며 아무한테나 검을 획획 휘둘렀다. 물론 수적으로 불리했고, 금군들 여럿이 사방에서 조여오자 금 방 수세에 몰렸다. 머지않아 오랏줄을 든 금군이 등 뒤에서 몸을 던져 달려들었고, 이신은 그의 몸무게에 밀려 맥없이 넘어졌다. 그와 동시에 누군가가 이신이 쥔 검을 발로 차 떨어뜨렸고, 이어 서 네다섯이 달려들어 이신의 몸을 무릎으로 찍어누르며 오랏줄 로 포박하기 시작했다.

"……이, 이거 놔라!"

이신이 발악하며 흙밭 위를 파닥파닥 헤엄쳤으나 여의치 않았 다. 금군이 이신의 손목을 뒤로 돌려 막 묶으려는데, 문득 멀리서 괴성이 들려오기 시작했다. 이청은 고개를 돌렸다. 창귀들이 북 쪽으로 하나둘씩 달려오는 모습이 보였다.

"빨리 묶거라." 이청이 조급하게 말했다. "멀었느냐!"

그러나 금군들이 창귀들을 보고 잠깐 한눈을 판 틈을 타 이신이 그들의 손아귀에서 잽싸게 벗어났다. 그러더니 다시 검을 주워 들어 금군들을 향해 바짝 세웠다.

"뭣들 하느냐, 세자를 포박하지 않고!"

금군들은 일단 지시에 따르는 척은 했으나, 하나같이 혼이 빠진 얼굴로 창귀들 쪽만 내다보고 있었다. 달려오는 창귀들의 수가 짧은 새에 벌떼처럼 불어나 있었다.

이청은 결국 포기하고 내금위장에게 지시했다.

"북문을 폐쇄하라. 그리고 백병전으로는 승산이 없으니, 금군들을 전원 백악산 대포 진지로 후퇴시켜라. 그곳에서 대포로 대응할 것이다."

내금위장이 곧장 명을 하달했고, 이윽고 금군들이 도망치듯 산길을 오르기 시작했다. 이청은 뒤를 따라 오르며 이신에게 신신당부했다.

"과인의 곁에서 떨어지지 말아라. 알았느냐?"

그러나 이신은 들은 척도 않더니, 걸음을 빨리해 그를 쌩하니 앞질러 가버렸다.

"세자!"

이청이 악을 쓰며 소리쳐봐도 이신은 점점 멀어져만 갈 뿐이었다. 끝내 이청은 자신의 바로 뒤를 따라오던 착호갑사 삼인방에게 지시했다.

"자네들은 지금부터 세자의 호위에만 주력하라. 과인도, 범도 안중에 두지 말고 오직 세자의 안위를 최우선으로 삼아라. 곁에서 한 발짝도 떨어져서는 아니 된다.”

셋은 고개를 끄덕이고는 이신을 따라잡기 위해 속도를 높였다.

금군들 모두가 백악산 대포 진지에 당도한 직후, 이청은 쉴 틈 없이 명을 내렸다.

“대포를 다룰 줄 아는 인원들로 포병조를 편성하고, 나머지 병력은 각 초소의 사이사이로 흩어져 수비 태세를 갖추어라.”

금군들이 신속히 조를 짜 대포가 설치돼 있는 초소들에 각각 자리를 잡았다. 그들이 포탄을 장전하는 동안, 이청은 산 아래를 죽 내려다보았다. 천여 명이 넘는 대규모의 인파가 험한 산길을 네발짐승마냥 저돌적으로 기어 올라오고 있었다. 아찔한 광경에 현기증이 났으나, 이청은 곧 정신을 차리고 곁을 지키던 내금위 장에게 물었다.

“장전은 완료되었느냐?”

“명령만 내려주소서.”

“발포하라.”

이청이 명하자 내금위장이 “발포하라!” 하고 큰 소리로 복창했고, 이윽고 주위에서 쾅 하는 폭발음이 잇달아 터져 나오기 시작했다.

공격은 매우 성공적이었다. 한 발당 적게는 서너 명, 많게는 십수 명까지 한꺼번에 쓸어버렸고, 창귀들은 대포알에 맞는 족족 산산조각이 났다. 굳이 머리를 맞지 않더라도 육신이 부서져 더는 움직일 수 없게 되었다.

이청은 흥분하여 목청을 높였다.

"전각의 파손은 개의치 마라! 궐이 쑥대밭이 되어도 좋으니 아낌없이 퍼부어 모조리 쓸어버려라!"

간혹 대포를 맞지 않고 진지까지 넘어온 창귀들도 있었으나, 그 수가 많지 않아 수비병들에게 금세 제압되었다. 이청은 그간 워낙 당하기만 했기에 이처럼 전세가 압도적으로 유리하다는 사실이 꿈만 같았다. 그는 슬그머니 희망을 품어볼까 하다가, 저 멀리서 범이 달려오는 것을 보고 일단 보류하기로 했다.

이청은 우선 세자부터 찾았다. 이신은 얼마 떨어지지 않은 곳에서 수비를 서고 있었고, 곁에 착호갑사 삼인방이 착 붙어 있었다. 이신은 이따금 진지로 넘어오는 창귀들을 상대하다가, 범을 보고 나서부터 동작이 뚝 얼어붙었다.

범은 그야말로 격노한 상태였다.

마치 백 일간 꾹꾹 눌러 담았던 분노를 통째로 방출하는 듯해 보였다. 범이 한 차례 커다랗게 울부짖자 숲 전체가 바르르 떨렸고, 그것을 피부로까지 느낄 수 있었다. 직전 날들과는 다르게 오늘은 전력을 다할 작정임이 분명했다.

이청은 마른침을 삼켰다. 금군들 사이로 퍼지는 공포감이 제 것인 양 와닿았으나, 애써 무시하고 가까운 초소에 있는 포수들에게 명령했다.

"범을 조준하라! 저것이 진지로 올라오기 전에 쏴 맞혀야 한다!"

몇몇 초소에서 범을 향해 발포하기 시작했다. 그러나 대부분은 조준부터 한참 벗어났고, 그나마 잘 노린 것들도 나무에 맞거나 하며 헛나가기 일쑤였다. 그동안 범은 거리를 성큼성큼 좁히더니, 마침내 대포의 사정권을 벗어나 진지의 목책을 훌쩍 넘어와버렸다.

범이 코앞까지 들이닥치자 금군들이 죄다 혼비백산했다. 수비병들은 물론이고 포수들까지도 대포를 내팽개치고 초소 밖으로 날아나버릴 정도였다. 범은 도망치는 금군들을 누워서 떡 먹듯 쉽게 짓밟아나갔다. 진지 안에 노귀들이 창궐하기 시작했고, 얼마 지나지 않아 전세가 동전 뒤집듯 너무도 간단히 역전되었다.

이청은 착호갑사 삼인방 쪽을 쳐다보았다가 퍼뜩 고개를 저었다. 저들은 세자를 지켜야 할 막중한 임무가 있었다. 그는 대신에 금군들을 향해 외쳤다.

"고작 범 한 마리일 뿐이다! 모두 활을 들어 범을 집중 사격하라!"

몇몇 금군들이 벌벌 떠는 손으로 활을 잡아 들었다. 그러나 용기를 내어 겨우 한 발씩 쏜다 해도 범이 아니라 애꿎은 아군들을 향하는 바람에 안 쏘느니만 못했다. 다들 사기가 떨어질 대로 떨어져 오합지졸이나 다름없는 상태로 전락해버렸다. 이대로 가다가는 눈 깜짝할 새에 괴멸당하고 말 터였다.

별안간 범통이 이청의 곁으로 불쑥 다가와 말했다.

"전하, 소관들이 나서야 할 듯합니다. 지시를 재고하여 주십시오."

이청은 다른 갑사들을 살폈다. 곶감은 이미 제자리를 이탈해 범에게 활을 쏘는 중이었고, 불곰은 아직 이신의 곁에 남아 있기는 했으나 답답해하는 표정을 보니 당장이라도 튀어 나갈 기세였다.

이청은 끙끙거린 끝에 고개를 끄덕였다.

"범을 공격하라."

지시가 떨어지자마자 범통은 즉시 범에게로 달려갔다. 그러는 동안 이청은 활을 꺼내 세자의 곁으로 이동했다.

이신은 범이 등장한 이후로 한동안 얼어붙어 있다가, 곶감이 싸우는 것을 보고 나서 막 용기를 얻은 참이었다. 그는 금군이 도망가면서 버리고 간 활과 화살을 줍더니, 범을 향해 냅다 쏴대기 시작했다.

이청은 이신을 말릴까 하다가 일단 내버려두기로 했다. 어차피 범은 가장 먼저 곶감을 공격할 테니 당장은 위험하지 않을 터였다. 그러나 범은 예상을 깨고 이신을 향해 달려들었고, 이청의 눈이 미처 따라가기도 전에 앞발로 이신의 옆구리를 후려쳤다.

갈비뼈가 으스러지는 소리와 함께 이신이 멀리 날아갔다. 이신은 나무의 몸통에 등부터 부딪혔다가 바닥으로 툭 쓰러졌고, 그 후부터는 죽은 듯 꼼짝도 하지 않았다.

"……신아."

이청은 일순 몽롱함에 치였다가, 서서히 정신을 차렸다. 문득 발밑으로 땅을 딛고 있다는 감각이 없어졌다. 그는 어딘가 붕 뜬 듯한 기분으로, 이신을 향해 흐느적흐느적 걸어갔다.

범은 그새 다른 곳으로 뛰어가버렸고, 창궐한 노귀들은 주변의 금군들이 막아주고 있었기에 방해는 받지 않았다. 이청은 곧 쓰러진 이신의 곁으로 가 무릎을 꿇고는, 그의 상반신을 소중하게 일으켜 자기 품에 안았다.

"아니다."

이청은 눈을 멀겋게 뜬 채로 주변을 두리번거리다가, 이내 허공에 대고 말했다.

"이게 아니다. 오늘은 아니야. 뭔가 착오가 있는 듯한데……."

그는 이신의 얼굴을 내려다보았다. 다행히 숨이 붙어 있었고, 곧이어 눈도 가늘게나마 떴다.

"신아!"

격하게 안도하자마자 이신의 입에서 피가 터져 나와 이청의 얼굴을 덮었다. 이청은 눈을 비벼 닦고 이신의 상처를 살폈다. 범의 손톱이 아니라 발등에 맞았기 때문에 창귀로 변하지는 않았으나, 상체 전반에 걸쳐 피가 빨갛게 번진 상태였다. 부러진 갈비뼈 몇 대가 살갗을 넘어 옷까지 뚫고 튀어나온 것을 보고 이청은 일순 혼절할 뻔했으나, 가까스로 견뎠다.

도저히 회복되기가 힘든 수준의 치명상이었다.

"……아바마마."

이신이 쇳소리 같은 목소리로 들릴 듯 말 듯 작게 말했다.

"너무, 아파요……."

"말을 아끼거라."

이청은 주변만 황망히 두리번거렸다. 그것 말고는 할 수 있는 일이 없었다.

"내 곧 어의를 불러……. 아니, 어의에게로 데려다줄 터이니……."

이신이 뜬 눈을 힘겹게 유지하며 물었다.

"그 아이는요?"

"지금 그딴 게 중요하단 말이냐!"

이청은 버럭 소리치자마자, 즉시 후회하며 고개를 푹 숙였다. 그리고는 주위를 둘러보며 곶감을 찾았다. 곶감은 범을 쫓다 말고 멈춰서서, 이청과 이신을 가만히 바라보고 있었다.

이청은 대답해주었다.

"무사하다."

"아……." 이신이 희미하게 미소를 지었다. "다행입니다."

이청은 끝내 눈물을 흘렸다. 생전 흘려본 적 없는 닭똥 같은 크기의 눈물이 피에 젖은 이신의 얼굴 위로 뚝뚝 떨어졌다.

"아바마마."

"말해보거라."

"이리 불편하게 안고 계시니, 가슴 쪽이 너무 아픕니다."

"……."

"저를 좀, 그만 놓아주십시오."

그 말을 끝으로 이신은 숨을 거두었고, 이어서 소나기가 세차게 내렸다.

이청은 한참을 울었다. 미안하다는 말은 차마 목구멍 밖으로 나오지 않았다. 그렇게 시야가 눈물과 빗줄기에 가려 아무것도 보이지 않을 정도가 되어서야, 소매로 얼굴을 꾸역꾸역 훔쳤다.

이청은 안고 있던 이신을 천천히 흙바닥에 내려놓고는, 실눈처럼 야트막하게 벌어진 그의 눈을 고이 감겨주었다. 그러자 기다렸다는 듯 범통이 다가와 말을 걸었다.

"전하. 범이 중상을 입고 도망하였습니다."

이청이 듣는 둥 마는 둥 멍하니 있으니, 범통이 "전하!" 하고 목청을 높여 이청의 시선을 끌었다. 이청이 고개를 천천히 돌려 바라보자, 범통이 말했다.

"그만 일어나셔야 합니다."

"……."

이청은 눈이 시릴 만큼 냉정한 그의 표정을 보며, 서서히 현실감을 되찾았다. 문득 그의 뒤편을 내다보니, 저 멀리 도망가는 범의 뒤꽁무니가 나무에 가려 보였다 말았다 했다.

이청은 곧 일어났다. 다리에 힘이 잘 들어가지 않아 범통이 옆에서 부축해주었다. 슬슬 눈물이 멎었고, 슬픔이 빠져나간 자리에 범을 향한 분노가 들어찼다. 그는 메고 있던 활을 잡아 들고는, 손등에 자잘하게 긁혀 난 상처가 찢어져 터질 만큼 꽉 쥐었다. 그리고 범의 뒤를 쫓아 달리기 시작했다.

범은 몸 여기저기에 화살이 박힌 채 피를 땀처럼 줄줄 흘리고 있었다. 그런데도 움직임은 여전히 민첩했고, 살기등등한 기백 또한 그대로였다. 그러나 이청은 더 이상 범이 무섭지 않았다. 그저 당장 잡아 족치고 싶을 뿐이었다.

착호갑사들 중에서 범과 가장 가까이에 있는 자는 불곰이었다. 그는 범을 쫓다 말고 돌연 자리에서 멈춰서더니, 손에 든 사슬 철퇴를 빙빙 돌렸다. 그렇게 원심력을 충분히 실은 다음 범을 향해 힘차게 던졌다. 범이 뒤늦게 깨닫고 피하려 했으나 철퇴가 먼저 범의 한쪽 뒷다리를 강타했다.

범은 잠시 낑낑거리더니 금방 다시 도망치기 시작했다. 하지만 철퇴에 맞은 한쪽 뒷다리가 연체동물의 다리처럼 흐느적거려 제대로 달리지 못했다. 범의 속도가 느려진 틈을 타 불곰이 활을 쏘려 했으나, 난데없이 튀어나온 노귀의 공격을 받아 순식간에 목덜미를 물려버렸다.

주위로 갑작스레 창귀들이 몰려드는 바람에 이청은 우선 이들부터 상대해야 했다. 범의 습격으로 대포가 무력화되자, 백악산 아래에 있던 창귀들이 마저 북상하여 그새 진지 안까지 쳐들어온 것이었다. 바야흐로 백악산 남쪽 어귀의 전역이 창귀들로 뒤덮였고, 그들에 대항해 금군들 전원이 결사 항전을 벌이기 시작했다.

한편 창귀로 변한 불곰은, 근처에 있던 금군들을 공격하다가 역습을 받아 목이 달아나고 말았다. 이청은 불곰의 시체를 넘어 계속해서 범을 쫓았다. 범통과 곶감은 벌써 지척까지 추격해 범에게 활을 쏘는 중이었다. 범은 다리를 처절하게 끌며 도망치더니, 이윽고 둘레가 큼직한 거목 뒤로 몸을 숨겼다.

범통이 어느 정도 거리를 두며 거목의 곁으로 조심스럽게 다가갔다. 그러나 반쯤 빙 돌았는데도 범의 모습이 보이지 않았다. 이청은 일순 기척을 느끼고 위를 올려다보았다.

"위다!"

이청이 말하자마자 범이 나무 위에서 뛰어내려 범통을 덮쳤다. 범의 육중한 무게에 짓눌리자 범통의 몸 곳곳이 갈지자형으로 부러지며 그대로 흙바닥에 파묻혀버렸다.

범은 떨어진 충격 때문인지 제자리에서 잠깐 버둥거렸으나, 지칠 줄 모르고 또다시 도망치기 시작했다. 곶감이 갑자기 나타난 창귀들을 상대하느라 발이 묶여버린 사이, 이청은 홀로 계속해서 범의 뒤를 쫓았다.

숲이 깊어질수록 나무들끼리의 거리가 점점 빽빽해졌다. 이청은 달리던 속도를 늦출 수밖에 없었다. 초소의 불빛들이 어느덧 까마득해진 데다 달빛 또한 비구름에 가려져 한 치 앞도 보이지 않았다. 그렇게 칠흑 같은 어둠을 헤치고 나아간 끝에, 이청은 궐의 최북단을 둘러싼 담벼락과 마주하게 되었다.

담벼락의 꼭대기에 드문드문 설치된 빈 망루에 등불이 밝혀져 있어 여기서부터는 주위가 조금 보였다. 이청은 벽에 손을 짚고 숨을 고르다가, 곧 좌우를 둘러보았다. 범의 모습은 보이지 않았다. 담은 성인 두 명의 키를 합친 것보다 높았지만, 나무도 오르는 범에게 이 정도 높이를 넘어가기란 그리 어렵지 않을 터였다.

이청은 주먹으로 벽을 쳤다. 범이 이미 빠져나갔을지도 모른다며 좌절하고 있는데, 문득 등 뒤에서 인기척이 느껴졌다. 뒤를 돌아보니, 곶감이었다.

절망뿐인 판국에, 그녀는 이청에게 꼭 마지막 희망처럼 느껴졌다.

"너는 이제 범을 쫓을 필요 없다."

이청이 말했다.

"자, 과인이 올려줄 터이니, 이 담을 넘어 궐 밖으로 대피하거라."

이청은 한쪽 무릎을 꿇고는, 곶감이 발을 디딜 수 있게끔 무릎 위에 두 손바닥을 포갰다. 곶감은 이청의 갑작스러운 행동에 그저 당혹해할 뿐, 발을 디디려 하지는 않았다. 그러자 이청이 안달복달하며 말했다.

"부디 너만이라도 살아남아 주었으면 해서 그런다. 자, 어서!"

그러나 곶감은 휙 고개를 돌려버리더니, 아예 이청을 보는 척도 하지 않았다. 잘 보니, 다른 데에 신경이 쏠린 듯해 보였다. 이청이 그녀의 시선을 쫓아 그쪽을 바라보았고, 문득 뭔가가 바스락거리는 소리가 났다. 멀지 않은 나무의 뒤편이었는데, 거기서 분명 어떠한 기척이 느껴졌다.

이청은 얼른 일어나 활을 쥐었다. 그리고 기척이 난 곳으로 천천히 접근했고, 곶감도 뒤를 따랐다. 나무 뒤로 신중하게 돌아가서 보니, 기척의 주인은 범이 아니라 사람이었다. 세자와 비슷한 나이로 보이는 앳된 병사였는데, 그저 얼이 나간 얼굴로 나무 앞에 가만히 쪼그려 앉아 있었다.

이청은 맥이 빠져 한숨을 늘어뜨렸다가, 곧이어 그에게 물었다.

"혹 이 근방에서 범을 보았느냐? 한 마리가 막 이곳으로 도망하였다."

그러자 어린 병사가 천천히 손을 들더니, 바들바들 떨리는 손가락으로 이청을 가리켰다. 이청은 이놈이 정신이 나갔구나 싶어 그냥 무시하려다가, 뒤늦게 의미를 깨닫고는 퍼뜩 고개를 돌렸다.

범은 이청의 바로 뒤에 있었다.

죽음을 직감하자마자, 돌연 몸이 범의 코앞에서 휙 벗어났다. 범의 이빨이 닿기 직전에 곶감이 이청을 발로 차 쓰러뜨려 준 덕분이었다. 이청이 다시 몸을 일으키는 동안, 곶감이 검을 뽑아 범의 목덜미를 찔렀다. 그러나 자세가 불안정했던 탓에 검 끝만 살짝 박혔고, 그사이 범이 바윗돌 같은 앞발로 곶감의 머리를 망치질하듯 여러 번 내리쳤다.

곶감을 죽인 후, 범은 이청을 노려보았다. 이청은 더 생각할 것 없이 곧장 달려들어 곶감이 박아놓았던 검을 잡아 좀 더 찔러넣었다. 범은 목덜미에 검이 덜렁덜렁 꽂힌 채로 뒷걸음치더니, 이내 괴물 같은 포효를 토해내며 이청을 향해 달려들었다.

이청은 엎드리듯 몸을 숙여 범을 피했으나 눈치를 챈 범이 그를 위에서 깔아뭉개듯 덮쳤다. 소 한 마리와 맞먹는 무게가 이청의 등을 내리눌렀으나 이청은 초인적인 인내력으로 버텼다. 쓰러지지 않고 가까스로 서 있게 된 이청은, 곧 허리춤의 검을 뽑았다. 그러나 범이 뒤에서 이청을 껴안은 상태여서 도무지 공격할 수가 없었고, 그사이에 범이 이청의 목덜미를 콱 물었다.

이청은 의식이 날아가기 전에 검을 자신의 배에 찔러넣어 관통시킨 다음, 그대로 범의 아랫배까지 찔렀다. 범을 공격함과 동시에 자결하려 했던 것이었는데, 그전에 먼저 범에게 물린 탓에 이청은 곧 창귀로 변하기 시작했다.

시야가 급속도로 빨갛게 물들었다. 창귀가 아닌 범에게 물렸으니 노귀가 되려는가 보다, 하고 이청은 속으로 생각했다. 곧이어, 일전에 상선에게 물려 애귀가 되었을 때와는 가히 비교도 할 수 없는 매우 강력한 갈증이 이청의 정신을 지배하기 시작했다.

이청은 일어났다. 물론 접때와 마찬가지로 통제 불능의 꼭두각시 같은 처지였다. 입에 뚫린 모든 구멍에서 온갖 종류의 체액이 섞여 줄줄 흘렀고, 펄떡펄떡 끓어오르는 갈증 때문에 분노에 가까운 조바심이 머리 꼭대기까지 치밀었다.

이청은 날짐승처럼 그르렁거리며 주변을 둘러보았다. 먼저 범이 눈에 띄었는데, 징글징글하게도 여전히 살아 있었다. 목에 꽂혀 있던 검은 어느새 빠져 있었고, 이청이 마지막에 제 배를 뚫어가며 찔러넣었던 공격도 그리 큰 타격을 주지 못한 모양이었다.

어쨌거나 범은 이제 창귀가 돼버린 이청에게는 관심이 없어 보였다. 녀석은 물 묻은 몸이라도 털듯 거죽에 꽂힌 화살들을 파르르 털어내더니, 담벼락에 두 앞발을 짚었다. 담을 타고 넘어갈 작정인 듯 보였으나, 뒷다리 한쪽을 못 쓰게 된 데다 몸 곳곳에 크고 작은 상처들이 많아 쉬이 뛰어오르지를 못했다. 그러나 점점 감을 잡아가는 듯한 모양새였고, 이대로라면 담을 넘기까지는 시간문제일 것으로 보였다.

한편 이청은 배 한가운데에 검이 꽂힌 채로 주변을 둘러보다가, 마침 나무에 기대어 앉아 있던 어린 병사를 발견하고는 그리로 성큼성큼 다가갔다. 그는 여전히 전의를 상실한 상태였고, 그저 빨리 끝났으면 좋겠다는 듯 눈을 질끈 감고 있었다. 이청은 곧 그의 앞에 무릎을 꿇고 마주 앉아, 쩍 벌린 입을 그의 목덜미로 가져갔다.

'아니 된다.'

속으로 이 말만을 절실한 소원처럼 끊임없이 연발했다.

'아니 된다.'

'아니 된다.'

'아니 된다…….'

그러자 뜻밖에도, 이청의 입이 금군의 목덜미로 향하다 말고 뚝 멈췄다. 살갗과 불과 종이 한 장 차이의 틈만을 남겨두고 벌어진 이변이었다. 이청은 바람 앞의 등불처럼 꺼질락 말락 하는 이성을 끈질기게 물고 늘어지며, 주문을 외고 또 외었다.

'내가 물어뜯을 상대는 이 병사가 아니다.'

'내가 물어뜯어야 할 상대는 범이다.'

'범을 죽여라.'

'범을 갈기갈기 찢어 죽여라.'

'범을 물어뜯어 뼛조각 하나 남기지 말고 꼭꼭 씹어 먹어라……'

이청은 오직 범을 향한 분노를 지팡이 삼아, 기어코 자리에서 일어났다. 그러고는 범을 향해 삐걱거리며 천천히 돌아섰다. 범은 아직 이청에게 일어난 변화를 눈치채지 못하고 여전히 담벼락과 씨름하는 중이었다.

이청은 이 기적 같은 상태가 길게 가지 못할 것임을 잘 알았다. 왜냐하면 지금이라도 늦지 않았으니 다시 금군에게로 돌아가 목덜미를 찢고 저 혈기 왕성한 생피를 꿀떡꿀떡 들이켜라고 온몸의 욕망이 아우성을 쳐댔기 때문이었다. 그래서 범을 향해 있는 힘껏 내달렸다. 가까이에 있었기에 금방 덮칠 수 있었고, 곧 범의 목덜미를 끌어안고 대롱대롱 매달릴 수 있게 되었다.

범은 몸을 강하게 휘저으며 이청을 떼어내려 했으나, 노귀가 된 이청의 힘도 만만치 않았다. 이청은 범의 상처 난 목덜미를 깊숙이 물고는 고개를 젖혀 쭉 잡아 뜯었다. 근육들이 탱탱한 면발처럼 길게 늘어나더니 이내 툭툭 끊어졌고, 이청은 이어서 목덜미의 벌어진 상처에 얼굴을 파묻고 그 안을 와구와구 씹어댔다. 범이 고통으로 울부짖는 소리가 살덩어리를 타고 직접 전해졌

다. 이청의 이빨이 이윽고 뼈까지 도달한 순간 범이 경기를 일으
키듯 몸을 확 비틀었고, 이청은 끝내 나가떨어졌다.

이청은 바닥을 여러 번 구른 끝에 다시 일어났다. 그러나 금방
다시 쓰러졌다. 보아하니 두 다리가 이상한 방향으로 꺾여 있었
다. 문득 입 안도 허전한 듯하여 혀를 굴려보니 이빨이 다 뽑히
고 없었다. 언제 그랬는지도 모르게 팔 한쪽도 떨어져 나간 상태
였다. 그래서 이청은 아직 움직일 수 있는 나머지 한쪽 팔을 써서
범을 향해 기어가기 시작했다. 그런데 고개를 들어 바라보니, 범
은 이미 죽어 있었다.

때마침 소나기가 그쳤다. 이청은 곧 어린 병사에게로 관심을
옮겼다. 가까스로 부여잡았던 이성의 끈은 이제 다 닳아 없어졌
고, 그저 피를 빨고 싶다는 욕구만 머릿속에 가득해진 상태였다.

어린 병사는 범의 사체와 이청을 번갈아 쳐다보더니, 몸을 추
스르고 자리에서 일어났다. 그리고는 덜덜 떠는 손으로 검을 뽑
아 들었다. 제대로 휘두를 수나 있을까 싶을 만큼 겁을 잔뜩 먹은
모습이었다.

그는 곧 이청의 곁으로 다가와 그를 내려다보았다.

"목을……."

이청은 희박하게 남은 이성을 간신히 쥐어 짜냈다. 그리고는
이빨이 없어 줄줄 새는 발음으로 말했다.

"내 목을, 쳐라. ……어명이다."

어린 병사는 긴장한 듯 숨을 불규칙하게 몰아쉬더니, 이내 검

182

의 손잡이를 질끈 잡았다. 그러고는 이청의 목을 향해 힘차게 휘둘렀다.

21

"참으로······."

중전이 이청을 향해 말했다.

"우리 세자가 2년간 바깥세상을 겪은 덕인지, 이리 어엿한 대장부가 다 되었습니다."

감개무량하다는 듯 눈시울을 붉히는 중전의 시선을 마주하며, 이청은 잠시 혼란에 빠졌다.

주위를 둘러보니, 경회루의 누각이었다.

"······."

고관 대신들이 모인 자리에서 한창 연회가 벌어지는 중이었고, 정면에 이신이 앉아 있는 것이 보였다.

이신이, 살아 있었다.

멀쩡히 살아서 이청을 마주 보고 있었다. 그것이 꼭 거짓말 같아서, 이청은 한동안 이신만 뚫어지게 쳐다보았다.

"……아, 아바마마?"

이신이 부담스럽다는 듯 미간을 찌푸렸다.

"소자 얼굴에 뭐라도 묻었습니까? 왜 그리 빤히 쳐다보시는
지……."

"이게 대체……." 이청은 혼잣말로 읊조렸다. "꿈인지 생시인
지 모르겠구나."

백(白)일몽이 아니라, 백(百)일몽이라도 꾼 듯한 기분이었다.

이신이 피식 웃으며 실없이 물었다.

"소자가 돌아온 것이 그리도 기쁘십니까?"

"그래." 이청은 즉답했다. "기쁘다."

거짓 없는 날 것 그대로의 말투였다. 예상 밖의 대답이었는지
이신은 잠시 멋쩍어하더니, 헛기침과 함께 화제를 돌렸다.

"그나저나, 방금 오는 길에 범을 보았습니다."

이청은 범이라는 단어를 듣자마자 등줄기가 쭈뼛 섰다.

"어디서?"

"광화문 앞에서요. 백악산에서 잡힌 놈이라던데, 크기가 어
마어마하더군요. 그렇게 큰 범은 서역에서도 본 적이 없을 정
도……."

"잡혔다고?" 이청이 말을 끊으며 급히 물었다. "어찌 잡혔다더
냐?"

이신은 이청의 지대한 관심에 일순 당황해하더니, 곧 대답해

주었다.

"사냥꾼에게 잡힌 것은 아니고, 이미 죽어 있는 것을 사람들이 발견해 옮겨왔다 들었습니다. 소자가 직접 본 바로는, 목덜미가 짐승에게 마구 물어뜯긴 것처럼 끔찍하게 파여 있더군요."

"······."

"뼈가 드러날 정도로 사정없이 뜯겼던데, 대체 어느 짐승이 그 거대한 범을 그리 잡아 족친 것인지······. 인간 말고는 범의 천적이 없는 줄 알았더니, 딱히 그렇지도 않은 모양입니다."

이청은 깊이 안도한 나머지, 아주 길고 긴 한숨을 내쉬었다. 이신은 그 모습을 보며 의아하다는 듯 고개를 갸웃하더니, 이내 관심을 끄고는 메고 왔던 봇짐을 자기 품으로 당겼다.

"아바마마께 선물이 있습니다."

이신은 그리 말하며 봇짐에 꽂아두었던 꽃을 꺼내 들었다. 피아리수였는데, 꽃이 하나도 남김없이 다 시들어 있었다.

"어? 이, 이상하다······."

이신이 뒤통수를 긁적였다.

"분명 궐에 들어올 때까지만 해도 싱싱하였는데······. 송구합니다, 아바마마."

그것을 본 순간, 이청은 불현듯 깨달은 바가 생겨 주변을 둘러보았다. 그리고 생각했던 것을 찾았다. 일전에 술잔 안에 넣어나 볼까 하여 별생각 없이 떼어내었다가 버렸던 피아리수의 꽃 한 송이였다. 이청은 그것을 주워들었다. 역시 시들어 있었다.

이청은 고개를 끄덕거리며 말했다.

"괜찮다. 그 선물은 이미 잘 받았으니."

"예? 그게 무슨……."

"어쨌거나 잘 돌아왔다, 신아." 이청은 거두절미하고 물었다. "그간의 생활은 어떠했느냐? 듣고 싶구나."

이신은 미심쩍다는 듯 눈을 가늘게 떴다.

"참말이십니까?"

"참말이고 말고."

"……."

진심이 전해진 모양인지, 궐에 들어온 이래 줄곧 긴장돼 있었던 이신의 얼굴이 서서히 풀어졌다. 그는 상체를 앞으로 슥 기울이더니, 이윽고 이청과 중전을 번갈아 보며 말했다.

"실은, 소자가 서역에 있을 때 한 점쟁이를 만났는데……."

이신이 이야기보따리를 풀기 시작했고, 이청은 고개를 끄덕여가며 들어주었다. 이야기 자체는 귀에 잘 들어오지 않았고, 그저 아들의 얼굴을 이리 눈에 담고 있는 것만으로도 분에 넘친다 할 만큼 행복했다.

그렇게 반 시진 정도 담소를 나누다가, 이청은 문득 생각나는 사람들이 있어 슬슬 화제를 바꾸었다.

"그나저나, 실로 오랜만에 신궁의 활 솜씨나 좀 구경하고 싶구나. 그간 연습은 게을리하지 않았을 테지?"

"에이, 입에 풀칠하기도 바쁜 와중에 활 쏠 여유가 어디 있답니까? 실력이 많이 녹슬었습니다."

"겸손 떨 필요 없다."

"겸손이 아니라……."

"여봐라."

이청은 곧 수행관들을 향해 말했다.

"지금부터 세자와 함께 백악산으로 사냥을 나설 터이니, 연회를 파하고 산행을 준비하라."

곧 내시부의 신하들이 고개를 숙인 후 지시를 이행했다. 이어서 무용수와 악단들도 차례차례 누각에서 내려갔고, 고관 대신들도 세자에게 덕담을 건넨 후 하나둘씩 어전에서 물러났다.

이청은 자리에서 일어나, 상선의 옆에서 대기 중이던 내금위장을 따로 불러 지시를 내렸다.

"요란하게 나서고 싶지 않구나. 오늘 사냥은 조용히 즐기고 싶으니 하인들은 모두 물리고, 수행관 역시 최소한만 대동하겠다."

평소와는 다른 주문에 내금위장이 머뭇거렸다.

"최소한이라 하심은……."

"착호갑사들 중에서 실력이 가장 출중한 자로 세 명만 선발하여주게."

고개를 숙인 후 물러나려는 내금위장을, 이청은 재차 불러세웠다. 그의 얼굴을 보고 나니, 지난 100일간의 험난했던 사투가 떠올라 그냥은 보내줄 수가 없었다. 이청은 잠시 생각해보다가,

이윽고 몇 가지를 주문했다.

"현 시간부로 궐내에 상주 중인 금군들 전원에게 한 달 치 녹봉을 추가로 지급하라. 아, 그리고 이주일 치의 휴가증도 내어주거라. 대신 궐을 한꺼번에 비우지 않게끔 기간은 조정해야 할 것이다."

어지간히 느닷없이 들렸는지, 내금위장은 오히려 당황한 기색을 보였다.

"망극하오나 전하, 성은을 베풀어주시는 연유를 여쭈어도 되겠사옵니까?"

"세자가 돌아온 기념 정도로 여기거라. 고작 이것밖에 챙겨주지 못하여 내 아쉬울 따름이구나. 다들 충분히 받을 자격이 있으니, 그대로 포상토록 하라."

내금위장을 포함해 곁에 있던 그의 부하들이 모두 이청에게 예를 갖춘 후 물러났다.

그렇게 연회를 갈무리한 후, 이청은 이신과 함께 경회루 누각을 내려갔다.

산행할 채비를 마친 후 궐의 북문에 도착해보니, 착호갑사 삼인방은 벌써 나와 임금을 기다리고 있었다. 그들은 이청과 이신이 가까이 다가가자 고개를 숙여 예를 표했다.

이청은 셋의 면면을 새삼 반갑게 둘러보며 말했다.

"그대들이 착호갑사들 중에서도 실력이 가장 출중하다 들었는데."

셋 다 긍정도, 부정도 하지 않고 그저 고개만 숙였다. 이청은 살며시 미소 지었다.

"과연 틀림이 없는 모양이로다."

범통이 짧게 대답했다. "황공합니다."

이청은 세자를 흘끔 쳐다보았다. 이신은 곶감을 바라보고 있었다. 여태까지처럼 뚫어지게 집중하지는 않았고, 그저 그의 주위만 시간이 잠시 멈춘 것처럼 보였다. 반면에 곶감은 어딘가 만성적인 나른함이 담긴 얼굴로, 맑게 갠 하늘만 물끄러미 올려다보고 있었다.

머지않아 일행은 각자 말에 탑승한 후, 활짝 열린 북문을 통하여 백악산으로 나섰다.

한동안은 다섯 명 모두 아무런 말 없이 산길만 가로질렀다. 아무도 입을 여는 이가 없어 어색한 적막이 흘렀다. 그러던 중, 어디선가 바스락거리는 소리가 들렸다.

선두에 있던 범통이 손을 들어 일행을 멈춰 세웠다.

"표범입니다."

말마따나 멀지 않은 곳에서, 요염한 자태의 표범 한 마리가 나타나 일행을 슥 노려보았다.

이청은 여유로운 동작으로 활을 꺼내 들었다. 평소라면 수행관을 앞세우고 임금은 뒤로 물러나야 할 상황이었다. 그러나 괴물보다 징그러운 범을 지겹도록 상대하고 난 덕인지, 표범 정도로는 공포감은커녕 긴장감조차 생기지 않았다.

"자," 이청이 이신에게 말했다. "먼저 쏘거라."

이신이 곧 표범을 향해 활을 한 발 당겼다. 화살이 표범이 있는 곳과는 동떨어진 나무에 가 맞았고, 표범은 움찔하더니 서둘러 도망치기 시작했다. 이신은 감을 잡았는지 고개를 끄덕거리더니 곧이어 두 번째 화살을 날렸다. 화살은 표범의 귀를 아슬아슬하게 스쳐 빗맞았다.

일행은 말을 달려 도망치는 표범을 추격했다. 그러나 산길이 갈수록 험해져 표범과의 거리가 벌어지기만 했다. 이대로는 놓치겠다 싶은 찰나, 별안간 곳감이 활을 한 발 쏘았다. 달리는 말 위에서 쏘았는데도 화살은 정확히 표범을 향해 날아갔고, 마침내는 녀석의 귓등을 꿰뚫었다. 바로 세자가 맞히려다 놓친 부위였다.

어쨌거나 치명상은 입히지 못했기에, 일행은 결국 표범을 놓치고 말았다.

"그것 참⋯⋯." 이청이 혀를 찼다. "날랜 녀석을 다 보겠구나."

그러자 범통이 한마디 거들었다.

"날래기로만 따지면 조선 땅에서는 표범을 따라갈 짐승이 없지요."

그 말에 불곰도 동의한다는 듯 고개를 끄덕거렸다. 이청은 그런가 보다 하면서 다음 사냥감을 물색하기 위해 주변을 두리번거렸다. 그러다 문득 등 뒤가 허전하여 뒤를 돌아보았다.

이신이 말의 고삐를 조절하며 곶감의 곁으로 따라붙고 있었다.

둘은 이윽고 나란히 거닐게 되었고, 이청은 범통과 표범에 관해 대화하는 척하며 귀를 열어두었다.

"활 잘 쏘던데?" 이신이 말했다.

"저하도 잘 쏘시던데요." 곶감이 사무적으로 답했다.

"네가 나보다 나았다. 난 못 맞혔지만 너는 표범을 맞혔으니. 그것도 무려 달리는 말 위에서 말이다. 내게 붙은 신궁이라는 칭호를 너에게 물려줘도 손색이 없겠더라."

곶감은 대꾸하지 않았고, 이신은 계속해서 말을 걸었다.

"근데 넌 이름이 어떻게 되느냐?"

이청은 이번에도 어김없이 귀찮다는 투의 대답이 돌아오겠거니 하고 예상했으나, 보기 좋게 빗나갔다.

"장미……."

모두의 시선이 곶감에게로 모였다. 이청은 물론 범통과 불곰까지 의외라는 듯 호기심 어린 눈으로 그녀를 바라보았다. 곶감본인 역시도 자기 입에서 본명이 튀어나오자 적잖이 당황한 기색이었으나, 이내 이신을 마주 보며 말을 끝까지 맺었다.

"장미라고 합니다."

이신은 고개를 천천히 끄덕이더니, 손을 내밀어 악수를 청했다.

"나는 이신이라고 한다."

곶감은 그가 내민 손을 물끄러미 내려다보았고, 이윽고 그 손을 맞잡았다.

안녕하세요, 배준입니다.

『호환마마』는 '조선 시대를 배경으로 써보고 싶다'는 욕구와 '좀비물을 써보고 싶다'는 욕구, 그리고 '하루가 반복되는 타임루 프물을 써보고 싶다'는 욕구를 반죽하여 만든 이야기입니다. '하 루를 반복하여 사는 과정에서 점점 더 문제 해결 경험치가 올라 간다'는 설정은 영화 〈엣지 오브 투모로우〉에서 지대한 영감을 받았습니다.

원고에 대한 피드백을 출판사와 주고받는 과정에서, 주인공 을 왕 '이청'이 아닌 세자 '이신'으로 바꾸면 어떻겠느냐, '이신'과 '곶감'의 로맨스 서사를 좀 더 강화하면 어떻겠느냐는 두 가지 제 안을 받았었는데요. 본작의 약점을 제대로 지적해주신, 무척이 나 적절한 피드백이라고 생각했지만, 결국에는 반영하지 않기로

했습니다.

왜냐하면 '아들의 선택을 가로막으며 제 자식을 자기 마음대로 좌지우지하려 했던 한 아버지가, 함께 우여곡절을 겪은 끝에 본인의 고집을 꺾고 아들의 선택을 존중해주게 된다'라는 흐름의, 이신이 아니라 이청이라는 인물의 성장물로써 구상한 플롯이기 때문입니다.

혹시 읽으신 후에 '아무리 봐도 주인공은 이신으로 하는 게 나았을 것 같은데……'라는 생각이 드셨다면, 송구합니다. 전적으로 저의 역량 부족 탓입니다.

이 책이 나오기까지 가장 가까이에서 힘써주신 이태은 담당자님께 강한 감사의 마음을 전합니다. 감사합니다.

두 번째 장편 소설 출간을 지지해주신 자음과모음 정은영 대표님, 강병철 사장님 감사합니다. 또한 그밖에 편집에 관여해주신 자음과모음 선생님들께도 감사드립니다.

『호환마마』 출간이 본격화될 때까지 줄곧 신경 써주셨던 김정은 前 부장님, 『호환마마』를 수정하는 과정에서 양질의 피드백을 제공해주셨던 김보성 前 담당자님, 아울러 전작인 『시트콤』 때 편집을 담당해주셨던 안태운 선생님께도 감사드립니다. 저로 하여금 세상 밖으로 이야기보따리를 펼칠 수 있는 기회를 열어주셨던 故 황광수 선생님, 그리고 배상민 선생님, 백민석 선생님, 박권일 선생님께도 다시금 감사 인사 올립니다. 감사합니다.

마지막으로 가족들과 지인들, 그리고 『호환마마』를 읽어주신 독자님들께, 깊은 감사의 마음을 전합니다.

소중한 시간을 할애하여 본작을 읽어주셔서 정말 감사합니다.

2023년 3월

배준 올림

호환마마

© 배준, 2023

초판 1쇄 인쇄일 2023년 3월 24일
초판 1쇄 발행일 2023년 3월 31일

지은이   배준
펴낸이   정은영
편집   이태은 박진혜 전유진
디자인   이선희 박정은
마케팅   유정래 한정우 전강산
제작   홍동근

펴낸곳   네오북스
출판등록   2013년 4월 19일 제2013-000123호
주소   10881 경기도 파주시 회동길 325-20
전화   편집부 (02)324-2347, 경영지원부 (02)325-6047
팩스   편집부 (02)324-2348, 경영지원부 (02)2648-1311
이메일   neofiction@jamobook.com

ISBN 979-11-5740-357-8 (03810)